講談社文庫

# 猫弁と少女探偵

大山淳子



講談社

目次



挿画 北極まぐ
協力 北川雅一（TBSテレビ）
石橋幸滋
木下夢子

# 猫弁と少女探偵

## 登場人物

百瀬《ももせ》　太郎《たろう》　通称猫弁《ねこべん》。天才とぼんくらの二面性をもつ。

大福《だいふく》　亜子《あこ》　ナイス結婚相談所職員。百瀬の婚約者。

野呂《のろ》　法男《のりお》　百瀬法律事務所の秘書。法律オタクで独身。

仁科《にしな》　七重《ななえ》　百瀬法律事務所の事務員。実質、猫のお世話係。

寿《ことぶき》　春美《はるみ》　亜子の後輩。ふくよかで、野心家。

梅園光次郎《うめぞのこうじろう》　百瀬が住むぼろアパートの大家。

滝之《たきの》上京子《うえきょうこ》　有名私立校へ通う十歳の少女。

石森《いしもり》　完太《かんた》　達筆で絵もうまい十歳の少年。

野口《のぐち》　美里《みさと》　ペット不可の豪華マンションでチンチラと暮らす美女。

赤坂《あかさか》　隼人《はやと》　愛称・赤坂プリンス。亜子の高校の同窓生で外務省勤務。

上安里《かみやすり》先生　百瀬の中学時代の美術の先生。

## 登場動物

テヌー　百瀬と暮らしているサビ猫。

エリザベス・アイザッハ・メアリー　消えた三毛猫。

シルビーヌ・アイザッハ・シュシュ　野口美里の愛猫。

# 第一章　少女とエリザベス

滝之上京子《たきのうえきようこ》は土手の斜面で寝転び、空を見ている。

空は大好きな水色で、白い雲がゆっくりと流れている。

心臓の鼓動はだいぶ落ち着いた。

雲を見ながら京子は決心した。

今夜パパに言おう。学校をやめると。これは相談ではなく、決めたのだと。

パパはきっとこう言う。

「そうだね」

最近、パパはやけにものわかりがよい。

カアカアカア。カラスがやかましい。

京子は半身を起こし、川を見つめた。象牙《ぞうげ》色の肌。まぶたには血管が青く透けて見える。一重《ひとえ》の黒目がちの瞳は、ママのお気に入りだった。

「おひなさまのようだわ。もっとよく見せて」とベッドから手を伸ばして笑っていた。

そのときのママの手は細くて、京子と同じ象牙色だった。昔はもっとふっくらとしていて、力強く、京子の髪をきっちりと三つ編みに編んだ。

今はゴムでひとつに結んでいる。似合わないが、結ばなくてはいけない。学校の法律なのだ。

学校はわからずやだ。髪の自由を奪うし、今日は信じられないことに、生徒にメスを握らせた。ゆるせない。命は貴重品だ。たった一回きりだもの。

京子はゴムをはずして、川に放った。ゴムは沈まずに浮かび、流れて行く。

京子は気分が悪くなった。

雲は右へ流れているのに、川は左へ流れている。見ていると、体が引き裂かれるような感じがして、ムカムカする。頭もズキズキだ。

足元に放ってある黒いランドセル。背には付属校のマークがえばりんぼうみたいにどーんと入っている。黒い色も大きすぎるマークも悪趣味だと京子は思う。

水色の制服は白いセーラー襟《えり》がきりっとして、着心地が良い。空と雲と同じ配色だ。学校をやめても、毎日着よう。

カアカアカア、カアカアカア。

今日のカラスはしつっこい。

見ると、数メートル先の草はらにカラスが三羽集まって、何かをおそるおそるつついている。

立ち上がって近づくと、毛の固まりが見えた。動物の死体？

一瞬ぞっとしたが、動いている。さらに近づいて見ると、犬だ。いや、猫か？ ちいさい。赤ん坊だろうか。

それは立ち上がろうとしてよろけた。カラスがその足をくわえようとしている。よく見ると、両目がつぶれているみたい。

京子はくるりと背を向けると、元いた場所に走って行き、ランドセルを両手でつかんだ。

それをハンマー投げのようにぶんぶん振り回しながらカラスに向かって行く。細い少女の勇敢な行いに、カラスはえらく驚いたようで、無言で飛び去った。

京子は目が回り、ランドセルと共に座り込んだ。

小さな生き物はみーみー鳴きながら必死で立ち上がり、恩人から逃げようとする。さっきより大きなカラスがやってきたと思い、危険を感じているようだ。

周囲を信じられないところは自分と似ていると京子は思った。

目の状態はひどく、痛々しい。しかし、手術をすれば治るかもしれない。

「試すのはやぶさかではない」と京子はつぶやく。「やぶさか」は最近覚えたことばで、正しい使い方かどうかわからない。

両手でそっと生き物をつかんだ。見た目はふわふわしているが、ずいぶんと骨っぽい。

でも、生きている。

京子はランドセルを背負い、生き物を抱えて歩く。

歩きながら今日学校であったことを思い出し、唇《くちびる》をかみしめる。

先生も生徒も許せない。みんなみんな許せない。

い、い、あんなことをするなんて。

命はなによりも優先されなければならない。勉強よりもチョコレートよりも重要だ。

なぜって、死んだらおしまいだからだ。

自宅マンションが見えて来た。管理人が掃除をしている。

ここはペット禁止のマンションだ。京子はランドセルを降ろして中身を取り出し、生き物を入れた。やせているのでぴったり入った。「ごめんね」と言って蓋をすると、ランドセルを背負い、教科書と筆箱をかかえて、エントランスを歩く。

「おかえりなさい」と管理人に言われ、「ただいま」と返事をした。

管理人は驚いたようにこちらを見た。いつもは返事をしないからだ。

オートロックを解除し、自動ドアを抜けると、いそいでエレベーターに乗り、最上階のボタンを押す。

閉まりかかったドアにしわしわの手がはさまり、ひとり駆け込んできた。

細い体のおじいさんが息を切らしている。

京子は唇をかみしめた。お年寄りは面倒だ。子どもを見ると話しかけてくる。

「やあやあ、エレベーターガールさん」

京子は聞こえないふりをした。するとおじいさんは声を大きくした。

「おじょうちゃん、よくここに乗ってるだろう？　上に行ったり下に行ったりしてるだろう？　みんなあなたのこと、エレベーターガールと呼んでいるんだよ」

京子は目を合わせない。

「マンション理事会ではね、子どもがエレベーターを使って遊ぶことが問題になったりもするんだが、あなたは特別、許されている」

　そこまで話すとおじいさんは息が切れたようだ。肺が歳をとっているのだろう。おじいさんは息を整えると、こう言った。

「エレベーターガールと同じエレベーターに乗ると、一年寿命が延びるっていう、うわさがあってね」

「…………」

「四階の斎藤《さいとう》さんは、あなたと乗ったあくる日に、神経痛が治ったそうだよ」

「…………」

「わたしは腰痛を治そうと思って、駆け込んできたんだよ」

　おじいさんは時代遅れのピースをした。

　そのとき、みーっとランドセルが鳴いた。京子ははっとしておじいさんを見た。目が合った。京子は叫んだ。

「しゃっくりです！」

「なんだって？」

「今の音は、わたしのしゃっくりです！」

　おじいさんは困ったような顔をした。

「ごめんよ。歳をとるとな、高い音が聞こえなくて。あなたのかわいいしゃっくり、気付かなかったよ」

京子はほっとして、「歳をとると高い音が聞こえない」と記憶に刻み込んだ。お年寄りと話すと知識が増えるんだ。学校をやめたら、なるべくお年寄りとしゃべって、少しずつ世の中を学んでいこう。

京子は本日学校に見切りを付けた。パパは子育てに上の空だし、自分で自分を育てる決心をした。もちろん、ランドセルの中身も育てる。

自分は未成年だし、この子を守るにはある程度大人の協力が必要だ。

おじいさんはにこにこ笑いながら、二十階で降りて行った。

京子は天使のような笑顔で見送ると、さらに上へと向かった。

百瀬太郎《ももせたろう》は正座し、まっ白な半紙を見つめている。

築四十年の木造モルタルアパート二〇一号室。ここは事件現場ではない。百瀬の自室だ。玄関そばには二畳のキッチン、メインスペースは六畳ひと間。

この六畳間は四つの機能を果たす優れものである。

居間兼食堂兼書斎兼寝室だ。現在書斎《しょさい》の機能を果たしている部屋の中央には扇風機が一台、ぶーんと音をたてながら、左右に首を振っている。

それ以外、音はない。

十八歳の春、ここに入居した。まずは静けさに安堵《あんど》した。静かな上に風呂トイレ付き。贅沢《ぜいたく》の極みに思え、それらをひとりで占有できることに、罪悪感すら感じたものだ。

大学生の身分で一国一城の主となった。賃貸だけど。

七歳から九年間は児童養護施設。その後の三年間はパチンコ店の二階に居《い》候《そうろう》。過去を思えば、なにさまのご身分だ。カーテンも鍋も茶碗も本も本棚も、すべて自分のものであり、名前を書く必要もない。

そしてここは雨漏《あまも》りしない。四十歳になる現在までずっとだ。優良物件に違いないが、二十二年も住み続けるほど優良かというと、それほどのものとは言えないかもしれない。弁護士の住居としていかがなものかと眉《まゆ》をひそめ、忠告するものもいる。

「いつまでおるつもりだ」

梅園《うめぞの》光次《こうじ》郎《ろう》は会うたびにそれを言う。

「もっと適した家に住みなさい」

大家の梅園が注意したくなるほど、弁護士という職業とこのアパートは不似合いなのだ。

しかし百瀬自身はこの部屋に満足している。不自由を感じたことはないし、居心地が良い。もちろん、適さなくなる日が来るのもわかっている。だから正直に「結婚するまではいさせてください」と答えている。

結婚するまで。そう、結婚するまでだ。

命題は結婚だ。

今、百瀬は命題に真剣に取り組み、それゆえにひとり半紙に向かっている。そばには硯《すずり》があり、筆が置かれている。

小一時間はそうしていただろうか。やおら筆をつかむと、墨を毛先に染み込ませ、ひといきに筆を走らせる。

すーっ。

ひと筆で描かれたのは正円である。きれいなカーブは迷い無く、ぴしっと閉じられた。

正円を描くのは難しいと、上安里《かみやすり》先生が言っていた。中学の美術の授業でのことだ。

「脳が正確に結果を予測、つまりゴールをイメージし、指令を発する。それを体が的確に具現化する。脳と身体能力の見事な一体化だ。精神に迷いがあっても狂いが生じる。正円をぴたりと描くのは天賦の才であり、漫画家・手塚治虫《てづかおさむ》氏はこれができた希《け》有《う》なる人物である」

上安里先生はそう言うと、生徒に円を描かせた。

みな、4Bの鉛筆で画用紙にゆがんだ円を描いた。楕円《だえん》になったり、うずまきになったり、うまくゴールできないでいた。それらを笑顔で見て回っていた先生は、足を止めた。もじゃもじゃ頭の百瀬少年が描いたのは、コンパスを用いたかのごとき正円だった。

「手塚治虫の再来だ」

上安里先生はショックを受け、しばらく無言で円を見つめていたが、教育者の誇りを取り戻し、決意した。

この芽を伸ばさねばならぬ。

さっそく美術系の高校や専門学校のパンフレットを取り寄せ、百瀬に勧めた。ところが百瀬は中学を出たら働くと言う。そのことにつき、ふたりの間で何度もやりとりがあった。上安里先生は根気づよく、時に声を荒らげて説得を試み、資金援助も申し出たが、百瀬の決意は固かった。

「君はばかだ」と上安里先生は言った。

「正円が描けるくせに、なぜこんなに簡単な選択を間違える」

上安里先生の唇は震え、目には涙すら浮かんでいた。

「その円が描けたら、わたしは美術の先生などやってない」

落胆する先生を見て、百瀬はごめんなさいと謝ったが、夢があったから、しかたない。

百瀬は進学せずに三年間働いて金を貯め、大検を経て東大法学部へ進学、そして弁護士になった。行方《ゆくえ》知れずの母を助けたい。その一心で弁護士になったが、未だに母の所在はわからない。

上安里先生は今どうしているのだろう？　元気でいてくれるといいが。

百瀬は筆を置き、腕を組み、円を見つめた。

「これだ」と思う。今の心境を素直に表すと、美しい円となる。

百瀬は安堵した。

大福亜子《だいふくあこ》が自分の婚約者であること。この状況には矛盾も混沌も無く、極めて正しい形であるのだ。正円は過不足がない。ゆがみのない美しい状態だ。美しさは強さであると、百瀬は常々思っている。

　現在の自分は強度マックス。自信を持っていい。

　背後に気配を感じた。にゃあ、とやわらかな声がする。

　サビ猫が、百瀬の背中に頭をこすりつける。赤ちゃんのとき、自動販売機の取り出し口に捨てられていたところを百瀬が拾った。サビ猫のデザインは「神様の手ぬき」だと常々思っていた百瀬は、手ぬきをもじってテヌーと名付けた。里親が見つかるまでの仮名のつもりだったが、それがそのまま本名になってしまった。

「そろそろごはんにするか」

　テヌーは背後からすっと百瀬の右側に回り、その後、左前方に抜けた。猫としてきわめて単純な動きをしたまでだが、百瀬は思わず声を発した。

「う、あっ」

　正円の中に、肉球形の黒いハンコがひとつ、ぺたりと押されている！　硯に足をつっこんでしまったのだ。

　百瀬は半紙を凝視した。すると不思議。さきほどまで完全無欠に見えていた円が、違った風に見え出した。

　空洞。

まさかまさかの空洞である！

そうだ。円とは、空洞なのだ。

過不足ない状態ではなく、むしろ「大いなる欠け」なのだ。

百瀬は上を向いた。

七歳のとき、別れ際に母が教えてくれた方法だ。

「万事休すのときは上を見なさい。すると脳がうしろにかたよって、頭蓋骨《ずがいこつ》と前頭葉《ぜんとうよう》の間にすきまができる。そのすきまから新しいアイデアが浮かぶのよ」

効果はてきめんであった。百瀬はようやく気付いた。

大福亜子が婚約者であることは、形骸《けいがい》である。この状態のままでいいわけがない。

今の幸福に安堵してはいけない。

恐れずに、踏み出そう。百瀬は気負うあまり、拳を握りしめた。

その時、呼び鈴が鳴った。ドアを開けると、大家の梅園が立っている。

「管理費の値上げ交渉に来た」

挨拶《あいさつ》無しにいきなり用件を述べると、梅園は頭を傾け、百瀬の肩越しに部屋を覗く。テヌーが元気か気になるらしい。

梅園はテヌーにとって乳母《うば》のような存在だ。百瀬が仕事に行っている間は梅園が預かっている。本日は日曜日。会えないので、様子を見に来たのだろう。細い目をさらに細くしてテヌーを探していた梅園は、いきなり大声を出した。

「なんだ、これは！」

はっとして百瀬は部屋を振り返る。

畳《たたみ》に黒い飛沫《ひまつ》が点々と、そして肉球ハンコがぺたぺた押されている。円に気をとられ、部屋の惨状《さんじょう》に全く気付かなかった。

「テヌー！」

百瀬はテヌーをつかまえようとし、さすれば当然、テヌーは逃げるわけで、墨の付いた足でカーテンをのぼり、カーテンレールを駆け回り、鴨居にかけているハンガーに飛び移り、そこには明日着る予定の白いワイシャツがかけてあり、当然、墨が付くわけで、梅園はそれら一連の惨劇を眺めながら「はたしてこいつの頭はよいのか悪いのか、わしにはちっともわからん」と首を傾《かし》げる。

「老後の手なぐさみに東京大学を受けてみるか。あんがい簡単に入れるのかもしれん」

一方、やっとテヌーをつかまえた百瀬は肉球を雑巾《ぞうきん》で拭こうとして顔を猫パンチされ、丸めがねが落ちた。

梅園はめがねを拾って百瀬に渡すと、断固《だんこ》として言った。

「一刻も早く濡れ雑巾で部屋中拭いてまわりなさい。墨は乾くと難儀《なんぎ》だぞ」

百瀬は墨が付いた顔で素直に「はい」と言ってめがねをかけ、雑巾を水で濡らし、固く絞った。

梅園は「上がるぞ」と言って部屋に上がり、なんなくテヌーを抱くと、流しの水で肉球を洗った。

百瀬は雑巾で畳を拭きながら、なぜテヌーは梅園には抵抗しないのか、不思議に思う。テヌーはめすだ。やはり女性の心は不可思議すぎてつかめない。

梅園はテヌーの足を洗い終えると、ワイシャツの染み抜きを始めた。百瀬愛用の歯ブラシを断りもなく使い、石鹸を叩き込むようにして、根気よく墨を抜いて行く。

梅園は作業をしながら尋ねた。

「百瀬さん、あんたせっかくの休みにいったい何をしていたんだね」

百瀬も作業しながら返事をする。

「現況について思索《しさく》していました」

「哲学か。そういうのは退屈なひとりものがやるものだ。あんたにはもっとやることがあるだろう？　たとえば、そのなんだ、その、あれだ」

「なんでしょう？」

「婚約者と会うとか」

「彼女は今日、同窓会だそうです。高校の」

「ほう。高校って、卒業してからも行事があるのか？」

「わたしは高校に行ってないので経験ありませんが、梅園さんは出席したことありませんか？　同窓会」

「わたしも高校へは行ってない。しかし中学には行ったぞ。同窓会の知らせなんぞ、全然来ないがなぁ」

「ご出身はどちらですか」

「熊本だ」

「現住所を母校あるいは幹事に伝えておかないと、通知は来ないと思いますよ」

「百瀬さんには来るのか？　中学の同窓会通知」

「いいえ、そういえば、来ませんね」

「学級委員がさぼってるんだな。ふつう、クラスのリーダーがそういうのを仕切るんだろう？」

「あ、そうか」

百瀬ははっとして、手を止めた。

「わたしが学級委員だったんですね。わたしがやるべきだったんです。うっかりしてました」

百瀬は雑巾を持ったまま腕を組み、天井を見上げた。

梅園は百瀬のこのポーズを何度も見てきたが、理由は知らない。

最初見た時は鼻血でも出たのかと思ったが、今では考え事をしているときの癖だと理解している。おそらく学級委員としての怠慢《たいまん》を反省してるのだろうが、目の前の敵は乾きつつある墨である。作業を優先させるべきだ。

「あんたは十五のときすでに働いていたんだ。気が回らなくても、しかたなかろう」

と、梅園は言った。

百瀬は吾《われ》に返り、梅園を見た。梅園はこちらに背中を向け、ワイシャツの染みと格闘している。

「ありがとうございます」と言って、百瀬は作業に戻る。

梅園は尋ねた。「その現況の思索とやらはどうなった?」

百瀬は立ち上がり、汚れた雑巾を流しでゆすぎ、固く絞った。

「このままではいけないことに気付きました」

梅園は横にいる百瀬を見た。百瀬の目は決意に満ち、きらきらと輝いている。

「わたしは結婚することに決めました！」

梅園はおやっと思った。たしか百瀬は一年も前に婚約したとうれしそうに言っていた。ふつう、「婚約」イコール「結婚の決意」ではないか。

この男はそこに多少の時差があるらしい。

百瀬は再び畳にひざを突き、懸命に拭き始めた。妙なくせ毛が作業に合わせてゆらゆら揺れている。百瀬の華奢《きやしや》な背中を見ながら、梅園はかける言葉を探したが、見つけられずにいた。

二十二年間百瀬を観察し続けた結果、梅園の所見はこうだ。

百瀬太郎はまっとうな人物である。

しかしそのまっとうさは尋常ではなく、ひたすら抜本的に力いっぱいまっとうであるがため、まっとうでない現代社会では、ひどくいびつに見えるのだ。

この不器用な四十男は、ちゃんと結婚できるだろうか？　このいびつさを受け止められる女性はいるのだろうか？

何かアドバイスしたいが、自分とて、いびつな人間だ。けして順風満帆《じゆんぷうまんぱん》とはいえない人生を送って来た。うまく生きる方法など知るよしもない。

このアパートのもうひとりの間借り人、二〇四号室の男の行く末もかなり心配だが、何もしてやれずにいる。あの男に比べれば、この二〇一号室はまだしも安定感がある。

ワイシャツはきれいになった。

百瀬は「助かりました」と頭を下げて受け取った。濡れているワイシャツをハンガーにかけ、歯ブラシは元あった場所、つまりコップに挿した。

梅園は気になった。

「歯ブラシ、買い置きはあるな？」

「ありますが、まだ使えますので」

「石鹸を付けて墨の染み抜きをしたんだぞ」

「ええ、でもまあ、大丈夫でしょう。石鹸も歯磨き粉も界面活性剤《かいめんかっせいざい》ですし」

梅園は言いたいことを飲み込み、大家として言うべきことを言った。

「管理費は来月から四百円値上げさせてもらうが、いいかな」

「はい、わかりました」

「それから、このアパートだが」

「わかっています。結婚したら出て行きます」

「結婚するんだな？」

「ええ、します。だいじょうぶですよ」

にこにこと微笑む百瀬に送り出され、梅園はひとりアパートの階段を降りた。百瀬の部屋の真下にりんごの木が生えている。

入居時に百瀬が勝手に埋めた種が芽を出した。それからずっと梅園は木の生育を見守ってきた。肥料をやり、必要に応じて剪定《せんてい》し、毎年五月に白い花が咲くまでに成長した。

本当は百瀬自身に肥料をやり、剪定もしたかったが、血のつながらない他人にそこまでの権限はない。

家族さえ幸福にできなかった自分に、他人に関わる資格などないと梅園は思う。そのくせ、せめて他人くらいは、幸せになる姿を拝みたいものだと思ったりもする。造園技法の『借景《しやっけい》』というやつで、自分の人生も二割増にならんかと思う。

葉に一匹の青虫がいる。うまそうに葉を食べている。

梅園は心の中で青虫に話しかけた。蛾《が》になるのか蝶《ちょう》になるのか知らんが、食うだけ食ったらきちんとおとなになれ。そしてとっとと羽ばたいて行け。

青虫はがむしゃらに葉を食い続ける。どうやら気持ちが伝わったようだ。

梅園は二階の窓を見上げ、「青虫のほうがよほど話が分かる」とひとりごとを言った。


新宿のシティホテル、午後九時。

宴会後の広間では、ウエイターやウエイトレスが後片付けをしている。片隅のテーブルで、大福亜子は懸命に電卓を叩く。時おり首をひねり、ため息をつきながら、今度はお札を数え始めた。

背の高い男が近づいて、亜子に声をかける。

「まだ終わらない？　みんな二次会に移動したけど」

亜子は男を見上げて言った。

「会計が合わないの。もう一度数えてみる。赤坂《あかさか》くんは先に行ってて。わたしはこの支払いを済ませたら、帰るから」

「二次会、不参加？」

「ええ。余ったお金は明日同窓会の口座に入金しておく。もう行って。みんな待ってるよ。赤坂くんがいないと、盛り上がらないもの」

赤坂隼人《はやと》は三年C組の学級委員で、ハンドボール部の部長だった。高校時代のあだ名は赤坂プリンス。今も変わらずスタイル抜群、髪はサラサラ、鼻筋が通り、切れ長の目がすずやかだ。

バレンタインデーはチョコを持った女子が長蛇《ちょうだ》の列を作り、「赤坂参り」と呼ばれたほどだったが、性格は人懐っこく、いたずら好きで三の線のため、男子にも人気がある。成績優秀で、教師にも受けがいい。今日の同窓会は赤坂プリンス目当てで別のクラスからも参加した女子がいて、大盛況だった。

赤坂は上着のポケットから千円札を出す。

「これでちょうどかな？」

「まあ、ぴったりよ」亜子は驚いた。

「でも、だめだめ。幹事が自腹でちょうじり合わせるなんてよくないと思う」

「あいかわらず真面目だな、大福って」

亜子がもう一度お札を数え始めようとすると、赤坂は千円札を亜子の手に握らせた。

「ごめん。さっき俺が一枚抜いておいた」

亜子は驚いて赤坂を見た。スーツは仕立てが良く、ネクタイもセンスが良い。お金に困っている風には見えない。

「まさか千円札盗むほど金には困ってないよ」赤坂は微笑んだ。

「そう、よね。法務省だっけ」

「外務省」

「じゃあ、いたずら？　赤坂くん変わってないね」

「おわびに送るよ」

「え？」

「会計済ませて、行こう。駐車場に車停めてあるんだ」

「赤坂くん、二次会行かないの？」

「明日から海外出張なんで、いろいろやることあるしさ」

亜子は一ヵ月前、幹事の赤坂から同窓会の手伝いを頼まれた。名簿作成やら先生への連絡やらでずっと忙しく、今日もろくに食べられず、くたびれている。車で帰れるのはとてもうれしい。けれど、二次会に行った女子達がさぞかしがっかりするだろうと思い、複雑な気持ちだ。

「大丈夫。アルコールはひとくちも飲んでないから。無事ご自宅までお送りしますよ」

赤坂はそう言うと、会費をわしづかみにし、さっさと会計を済ませに行った。

街の灯火《ともしび》が美しい。

助手席で流れる夜景を見ながら、こういうことは久しぶりだと亜子は思った。

大福家に車はない。父の主義だ。大学生の頃は、仲間の車に乗せてもらうこともあったし、就職してからも、会社の仲間に誘われてドライブ旅行をする機会はあった。

しかし婚約してからそういうことはぷっつりと、ない。

助手席で景色を眺めていれば目的地に着く。なんて楽なのだろう。

「その指輪、彼氏からのプレゼント？」

亜子ははっとした。

さすが赤坂プリンス、女性が身に付けているものに気がつくなんて。

この真珠の指輪は百瀬から手渡されたが、事務員の七重《ななえ》さんからのプレゼントである。どう説明すればいいか考えていると、赤坂は勝手に話を続ける。

「左手の薬指にするんだから、特別なんでしょう？　でもエンゲージリングではない。真珠って冠婚葬祭《かんこんそうさい》に使えるから便利だけど、婚約指輪にはあまり使わないよね」

亜子は一応、婚約指輪のつもりなのだが、言いにくくなった。第一、婚約指輪を別人からもらったなんて、どう説明したらいい？

「俺の同僚、プロポーズの時に奮発《ふんぱつ》してカルティエの指輪贈ったら、彼女に怒られたんだって」

「どうして？」

「誕生石じゃなくて、ダイヤでもなかったのが、まずかったらしい。でもいいデザインだし、珍しい石だったんだ。サイズもぴったりだし、突き返すのはひどくないか？」

亜子はあきれた。自分は指輪どころか、靴だ。石の種類くらいで怒るなんてどうかしてる。

「結婚相談所勤務として、これどう思う？　男に非がある？」

亜子は「その女性の気が知れない」という自分の意見は封印し、プロフェッショナルとして返答した。

「一応、うちでは、ふたりで相談して買うようにアドバイスしてる。せっかく婚約したのに、小さな価値観の違いでいざこざが起こることって結構あるのよ。男性はロマンチックだからサプライズが好きなんだけど、女性は案外と現実的なの。服に合うデザインだとか、友人に自慢できる宝石だとか、ブランドへのこだわりもあるし、いろいろと先のことを考えるものだから」

赤坂はためいきをついた。

「男と女って、こだわるとこが違い過ぎて、なかなか気持ちが伝わらないものだよね」

赤坂は妙に感慨深げだ。ひょっとしたら、同僚ではなく、自分の経験談なのかもしれない。

「俺が思うに、男と女はとうていわかりあえないっていう前提が必要なんじゃないかな。ポジティブにあきらめておくんだ。外国人と接する時と同じさ。相手と自分は違うって、しっかりと認識していれば、小さな共通点でもうれしくなれる」

「小さな共通点。なるほどそうかも」

亜子は赤い靴を見た。履き心地が最高だ。百瀬がくれたエンゲージシューズ。自分はこれで満足している。

亜子はちょっぴり自慢したくなった。

「わたし、婚約してるの」

赤坂は一瞬、亜子を見て、再び前を見た。

「そうなんだ」

それからしばらく赤坂は無言だった。

おしゃべりな赤坂が何も言わないと、気詰まりだ。こちらから何か話さなくてはと思った時、やっと赤坂はしゃべった。

「二年の三学期、大福、いじめられてたでしょ」

「え？」

「女子たちに、シカトされたでしょう」

亜子は驚いた。忘れていた過去。封印していた苦い記憶だ。

小学校、中学校、高校と、女子の間では常に小さな諍《いさか》いがある。理由がわからないまま突然仲間はずれにされたり、急に入れてもらえたり。集団の中で、子どもも大人もみな縄張り争いをする。誰だって自分の居場所を確保したいのだ。

亜子は争いが苦手で、攻撃されても抵抗せず、そのまま受け止めようと幼い頃から決めていた。誰かひとりが負の感情を引き受ければ、ゆがみの連鎖がおさまる。そう信じていたからだ。

しかし高校二年の時のシカト事件は結構つらくて、しばらく学校を休んだ。なんとか勇気を出して戻ったら、みな普通に接してくれて、いじめというほど陰惨《いんさん》なものではなかった。忘れてしまえるくらいの小さな傷だ。

なぜそんなささいなことを男子の赤坂が知っているのだろう？

「あれ、俺のせいだから」

「え？」

亜子は驚いて赤坂を見た。赤坂はまっすぐに前を見つめて運転している。

「バレンタインデーに、女子が大勢来てさ、渡す順番とかで小競り合《こぜあ》いやってるの見て、うんざりしちゃってさ、俺、大福とつきあってるって言っちゃったんだ」

「なんで！」

「ごめん」

「どうしてそんな」

「そしたら、女子が大福と口をきかなくなって。女ってこわいね」

「だって……赤坂くんとわたし、全然接点ないじゃない」

「一回、文化祭委員を一緒にやったじゃない」

「なにそれ。信じられない。みんなびっくりするわよ」

亜子は思い出す。親しくしていた友人までが、ある日突然冷たくなった。みんなに内緒でプリンスとつきあってたなんて聞いたら、そりゃあ気を悪くするだろう。

「そのうち大福が学校休んで、俺、心配になっちゃって」

「………」

「あれは嘘だってみんなに白状した。そのあと、大福をいじめてた女子たちと一回ずつデートしたら、おさまったみたいで、ほっとした」

「………」

「ごめんな」

亜子は赤坂の横顔を見ながら思った。プリンスと呼ばれて、やたら華やかな人に見えたけど、人気者もそれなりにたいへんなのだろう。

「ひょっとして、謝りたいから、千円抜いたの？」

「うん。まあ、ね」

亜子はふわっとあたたかい気持ちになった。一流大学へ行き、外務省に入り、エリートコースまっしぐらなのに、昔の小さな嘘を気にするほど繊細《せんさい》なんだ。

「もう忘れてくれていいから」

「ありがとう」

亜子は再び景色を見た。すると赤坂が興味深そうに聞いてくる。

「大福の婚約者ってどういう男？」

亜子はあらためて百瀬を思い、どういう人だろうと考えた。とてもひとことでは言えない。

「職業は？」と尋ねられて、「弁護士」と答えた。

「すごいじゃない。大福、玉《たま》の輿《こし》？」

玉の輿！

一瞬吹き出しそうになったが、自分が望む最高の相手であることには違いない。こういうの、玉の輿って言ってもいいのかな。説明が難しく、亜子は口ごもる。

「そいつ、どんな車に乗ってる？」

「車？」

「もちろん外車だよね」

赤坂の車はアウディだ。どういう人間かを知るのに車種を聞くなんて、赤坂プリンスらしいと亜子は思い、おかしかった。

「彼、運転はしないの」

「さすが、運転手がいるのか」

「………」

「今は弁護士もたいへんな時代だって聞いたけど、儲かるところは儲かっているんだな」

亜子は百瀬のアパートを思った。あそこはあたたかい空間だが、さすがに結婚したらもう少し広いところがいい。百瀬に引っ越す意思はあるのだろうか。そもそも引っ越す金銭的余裕があるのかすらわからない。

結婚に向けてまだ具体的になにも決まってない。それを思うと、ちょっとあせる。

「その弁護士さん、大学はどこを出たの？」

「東京大学」

「うわ、完璧負けてるな、俺」

赤坂は片手で髪をかきあげた。サラサラと音がしそうな美しい髪だ。

亜子は百瀬のくせ毛を思い出し、急におかしくなって、クスクス笑えてきた。笑い出したら止まらない。

「なに笑ってるんだ？　ひょっとして大福、勝ち誇ってる？」

「うん、勝ち誇ってる」

ふたりは仲良くクスクス笑った。

「大福、こんどの七夕で二十九になるよね」

亜子は笑いを飲み込んだ。

「わたしの誕生日、知ってるの？」

「十年前のおわびにディナーでも誘おうと思ったけど、きっとその日は婚約者と過ごすんだね」

もちろんと言いたかったが、百瀬と約束はしてないし、百瀬が亜子の誕生日を知っているかどうかもわからない。先日デートのとき、こっそり百瀬のノートに自分の誕生日を書き込んでおいたが、あれ、読んでくれただろうか？

「彼、年上？」

「四十歳」

「おとなだな。きっとうまい店、いっぱい知ってるんだろうな」

亜子は首をひねった。たいして親しくもない女子のプライバシーに踏み込むなんて、赤坂プリンスらしくない。

車が停まった。亜子は驚いた。

自宅玄関前だ。町名は言ったけど、番地まで言ってない。なぜ自宅がわかるのだろう？

赤坂は亜子を見つめて言った。

「俺、好きだったんだ、大福のこと」

どっきん！　亜子の心臓は大きく波打った。

「君が休んでたとき、なんどかここまで来たんだけど、ピンポンできなかった」

亜子はふいに涙がこぼれそうになった。

学校に通えなかった日々があざやかに思い出される。お腹に重たい砂が詰まっているような気分で、布団《ふとん》から出られなかった。笑顔で「行かなくていい」と言ってくれた母の髪が、数週間で白くなった。母の髪を見て、学校へ戻る決心をしたのだ。

あのつらい時期、父や母のほかにも心配してくれた人間がいたんだ。原因を作った人間とはいえ、素直にうれしい。

赤坂は言った。

「実は、おりいって頼みがある」

その時、大福家の扉が開き、玄関から父の徹二《てつじ》が顔を出した。

赤坂は素早く車外へ出て、玄関に近づき、門ごしに挨拶をした。

「はじめまして。星林《せいりん》高校ＯＢ会幹事の赤坂隼人と申します。今日はお嬢さんに会計を手伝っていただき、遅くなってしまったので、ご自宅まで送らせていただきました」

赤坂は紳士の所作《しょさ》で助手席のドアを開けた。亜子はおそるおそる車から降り、父親を見上げる。徹二は昭和の頑固親父で、心配性な上に口うるさい。しかし驚いたことに、徹二はおだやかな笑顔を見せた。

「車の音がしたので、気になりましてね。女の子ですから、夜は帰るまで心配なんですよ。わざわざ送ってくださって、ありがとうございます。赤坂さんでしたっけ、よかったら上がって、お茶でも一杯いかがですか？」

「いいえ、こんな夜分遅くに、とんでもない。今度あらためまして、お邪魔させていただきます」

赤坂は美しいお辞儀《じぎ》をすると、亜子に「また連絡させてもらう」と言って、ひらりと車に戻り、走り去った。

徹二はすこぶる機嫌がいい。

「気持ちの良い男だ。合格！」

「なによ、合格って」

「お前の隣にいても、不思議と嫌じゃなかった」

「あの」

「あいつの話はするな」

亜子は言い返せなかった。赤坂の感じの良さは本物だ。実は亜子自身、隣にいて心地よく、安心できた。

もしも、もしも赤坂が婚約者だったら。

なんの軋轢《あつれき》もなく、すべてがなめらかに進むだろう。式場も新婚旅行もさっさと手配してくれて、親戚付き合いもスマートにこなし、こちらはウエディングドレスとか、新居にそろえる家具とか、楽しいことだけ考えていればいい。

なんて楽なことだろう！

亜子はそっと赤い靴を脱いだ。

1

「百瀬先生は、ラッキーですよ」

仁科《にしな》七重は猫トイレの掃除をしながら言った。

百瀬法律事務所、午後三時。

百瀬は留守で、秘書の野呂《のろ》法男《のりお》はパソコンに経費を入力中だ。

七重は話し続ける。

「清楚《せいそ》でいい娘さんじゃないですか。わたしのお古《ふる》の指輪をあんなに喜んでくれるなんて、今どき珍しい、なんて健気《けなげ》な心根でしょう」

「似合ってましたよね」野呂は素直に賛意を示す。

「真珠の指輪があんなに似合う女性はほかにいないと思います」

野呂も七重も満足げに見つめ合う。

先日百瀬が連れて来た婚約者があまりにすばらしかったので、このことにつき、ふたりの感情に少しのぶれもなく、「よかったよかった」で一致している。

目立つ美人ではないが、ひじょうに感じが良い。

彼女が事務所にいた数十分、事務所の黄ばんだ壁紙が花模様になったかのように、部屋全体が明るくなったし、彼女が消えると室温が二度下がるほどの、あたたかい空気を醸《かも》し出していた。

感じが良い。これに勝る花嫁の条件などないとふたりは思う。

さらにふたりは、室内にいる猫十三匹についても意見は一致している。

「多すぎる。ボスはおひとよしを封印し、引き取るのはいい加減やめにしてほしいだ。」

百瀬法律事務所の猫の数は十を平均として、増えたり減ったりしているが、このところ増えるばかりで、里親に引き取られるペースが追いつかない。

ボスの婚約者についても猫の数についても意見が一致する野呂と七重が、現在反目《はんもく》しあっている問題は、室内にいるもう一人のホモサピエンスの件だ。

「小学生に労働させるのは、いかがなものでしょう」

野呂は先ほどから事務所の片隅が気になってしかたがない。資源ゴミを分別《ぶんべつ》している少年。いいのかこれで？

「労働？　これは罰ですよ」

七重は少年に聞こえるようにわざと大きな声で話す。

「これ見てくださいよ」

七重が掲げた半紙には『猫弁先生不惑《ふわく》なり』と墨文字で書いてある。達筆だ。

百瀬法律事務所の玄関ドアはショッキングイエロー。近所で失笑もののこのドアを全身全霊で管理する七重は「黄色は正義と自由の色」と固く信じている。

このドアに二年ほど前から半紙が貼り付けられるようになった。それには毎度百瀬を揶揄《やゆ》するような内容が書いてあり、七重は犯人特定を日々願っていたが、本日はめでたく現行犯逮捕とあいなった。

野呂は「字が上手ですね。見事です」と賞賛する。

「感心してる場合じゃないですよ」

七重はいまいましい。

「たしかに見事な筆遣いですよ。あまりにうまいから、長いこと、大人のしわざかと思ってましたよ。こんなにうまい字を書くなんて、犯罪です。犯人隠匿《いんとく》なんとか、って罪がありましたよね」

「それを言うなら、犯人蔵匿《ぞうとく》および証拠隠滅《いんめつ》の罪です」

「なんだか知りませんがね、大人を装《よそお》っていたずらするなんて、巧妙じゃないですか」

「うまい字を書いたからって、大人を装ったわけではないでしょう？」

少年は二人の会話が聞こえているのかいないのか、せっせとゴミを分けている。ビン缶類は洗い、新聞など紙資源はじょうずにそろえて紐《ひも》でくくり、てきぱきと働く。

野呂は「この少年の労働成果を正当に賃金に反映したら、七重さんよりよほど高い時給を払わねばならない」と判断、「もうそろそろやめて、お茶にしませんか」と少年に声をかけた。

少年は手を止め、「うん」と返事をする。

「うんじゃないでしょう、はいでしょう？」

七重はすかさず注意する。平等に野呂にも注意する。

「子どもにそういう話し方はおかしいですよ」

「何がいけませんか」

「お茶飲む？　それともコーラにするか？　こう聞くべきです」

少年は立ち上がった。

「コーラあるの？」

「コーラありますか？　と聞くべきです」七重はしつこく注意する。

「コーラありますか？」

「あるわけないでしょう」

七重はポットのお湯を急須《きゅうす》に注ぐ。

「第一コーラは歯によくありません。子どもはのどが渇けば水を飲めばいいのです。ミネラルなんとかじゃなくて、水道水でじゅうぶんです。今日はお茶をあげますけど、特別サービスですよ」

「ありがとうございます、おばさん」

「七重さんとおっしゃい。あなたの名前は？」

「石森完太《いしもりかんた》」

「石森完太です、でしょう？　何年生？」

「五年です」

　野呂ははっとして、ふたりを見た。

　七重は顔色ひとつ変えず、「熱いから、ふうふうしなさい」と湯呑みを渡し、少年完太はすなおにふうふうしている。

　七重の三男は交通事故で亡くなった。たしか五年生だったと野呂は聞いている。

　完太は七重のお茶をひとくち飲み、ううむと顔をしかめたが、賢明にもまずいとは言わなかった。

「七重さん、猫弁先生はいつ戻るんですか」

「今日はとびっきりやっかいな依頼人に呼ばれたから、戻るのは遅くなりますよ」

「そう」

「会いたかったら、明日もいらっしゃい」

　完太の顔はぱっと明るくなった。七重もつられて笑顔になる。

「あなたゴミの分別、じょうずね。手伝ってくれたらまたお茶をいれてあげる」

「うん」

「はいでしょう？　完太くんは塾に行ってるの？」

「いいえ」

「じゃあ、毎日いらっしゃい」

「いいの？」

「貼り紙なんかしないで、こんにちはって入ってきなさい」

「うん」

「はいでしょう？　学校帰りに寄って、ここで宿題片付けたりしたらどう？」

野呂はふたりの会話を聞いているうち、突然感極《かんきわ》まってしまい、涙をぐっとこらえた。まずい。ここは全然泣くところではない。歳をとり、涙もろくなってきた。

「あらっ」

七重は完太がしばった紙資源のたばに近づき、一番上の紙をひっぱり出そうとする。

「あ、待って」

完太は結び目をほどき、その紙を七重に渡した。

七重はチラシを声に出して読んだ。

「三毛猫を探しています。啄木鳥橋《きつつきばし》付近で行方不明になりました。見つけてくださった方には百万円差し上げます」

「百万円？」

野呂は驚いてチラシを見た。

カラー印刷でふちどりにペイズリー柄《がら》をあしらった派手なチラシだが、七重が読んだ文言のほかに、電話番号と「滝之上」という名前があるだけで、肝心《かんじん》な情報が欠落している。

「三毛猫って言われてもねえ。雑種は個体差激しいですからね。写真がなくては探しようがありませんね」と野呂はため息をつく。

「百万円なら、試しにやってみる価値ありますね」

七重は言いながら室内を見回した。

「そこらへんの三毛猫を次々とつかまえて、次々連れて行けば、当たるかもしれません」

現在事務所に三毛猫は二匹いる。どちらかが百万円に化けないかしらと七重は思う。

「それ、昨日のチラシだよ」と完太は言った。

「古い情報はゴミと同じでしょ。今日のチラシはこっち。猫砂安売り情報が載ってます」

「え？　ほんと」

七重は猫砂情報に飛びついた。

野呂は完太を見た。

清潔そうなポロシャツに、長ズボン。帽子はくたびれた縞《しま》模様の野球帽で、たしか三年前の阪神タイガース応援グッズだ。字がうまいのと、ゴミの分別が見事なほかは、ごくふつうの小学生だが、いかんせん字がうますぎるし、分別も見事すぎる。

野呂の持論に「字がうまい人間は物真似《ものまね》が得意」というのがある。物真似というと語弊《ごへい》があるが、学習能力が高いという意味だ。見て、覚える。勉強はすべて物真似から始まると言っていい。「字がうまい人間は秀才」と言い換えてもいい。

入学試験なんてそのほとんどが「パターンの把握」と「すばやい適応能力」で、子どもに苺《いちご》の絵を見せて「いちご」と言わせるのとさして変わらず、ユニークさの持ち合わせなんて、この国では不要なのだ。野呂は我が国の教育制度の抜本的改革を願ってやまない。

ちなみにボスの百瀬は字が下手である。ようするに物真似が下手なのだ。

野呂の持論に「字がへたな人間はぼんくらあるいは天才」というのもあって、「ボスは天才のほう」だと希望的観測をしている。

物真似などせずとも、真理にたどりつけるのだ。

野呂は時計を見た。夕方五時。

「もう帰ったほうがいい」と言いながら、野呂は床に放置されたランドセルを持ち上げた。するとあまりの軽さに驚く。現代のランドセルってこんなに軽量化したのか？

完太は野呂からランドセルを奪うと、逃げるように出て行った。

**1**

百瀬はエレベーターで上昇しながら、ここに来るのは久しぶりだと思った。

三十階建ての高級マンション。ガラス張りのエレベーターは眺望が良いと評判だが、高所恐怖症の百瀬にとって、あまりにも過酷な空間である。階段を使いたいが、目的地は最上階なので、足に自信がなく、しかたなく乗っている。

ペット禁止のこのマンションでチンチラゴールデンを飼っているソフィア・ローレン似の美女。ペットが解禁になりそうな雲行きに腹を立て、百瀬にこんな依頼をした。

「解禁なんてもってのほか。ペット禁止のクリーンな環境でこの子を育てたい」

かつてこのユニークな発想をした美女の名は野口美里《のぐちみさと》。死体の身代金事件を百瀬に依頼したシンデレラシューズ社長の妻でもあった。（注：『猫弁　天才百瀬とやっかいな依頼人たち』参照）

その野口美里からの再びの依頼だ。

電話では興奮気味で、依頼内容がわかりにくく、今回は若干《じゃっかん》犯罪の匂いもするので（きわめてほのかな匂いだが）、彼女の部屋でゆっくりと話を聞くことにした。

依頼人がリラックスするホームグラウンドで、ことの真相を見極めよう。

「シルビーヌ・アイザッハ・シュシュちゃん」

百瀬はエレベーターの中で声に出してつぶやいた。まず彼女の愛猫《あいびょう》の名前を正しく呼び、心をやわらげてもらおう。

「シルビーヌ・アイザッハ・シュシュちゃん」

三〇〇二号室への広い廊下を歩きながらも復唱する。

舌をかまずに言えるだろうか。練習で言えても本番で言えなかったら何にもならない。フィギュアスケートの場合、練習で三回転を跳べても、本番で転んだら減点1だ。それでも跳ばないよりは点が付く。だからみな上を目指して跳ぶのだ。

自分も緊張感を持ってがんばろう。

大理石の玄関に入ると、百瀬を待っていたのは目にまぶしい西洋絵画のような美女と猫であった。あいかわらず野口美里は輝くばかりの美しさで、毛並みの見事なチンチラゴールデンを抱いている。

百瀬は「おひさしぶりです」と挨拶したあと、いったん息を整え、ひといきに発音した。

「シルビーヌ・アイザッハ・シュシュちゃんですね」

やった！　ノーミスだ。百瀬は思わずガッツポーズしそうになった。

ところが野口美里は「違うんですの」と言った。

「エリザベス・アイザッハ・メアリーです」

百瀬はひやりとした。この毛並み、全く同じ猫に見えるが、違うのか？

美里はやつれた顔で言う。

「本日はこのシュシュではなく、エリザベス・アイザッハ・メアリーのことでご相談があるのです」

なんだ、合っていたんだ。減点1ではないけど、会話って難しい。

「もう一匹、飼われたんですか」

「エリザベスはわたくしの猫ではございません」

美里の顔色は悪く、目の下にはうっすらとクマがある。

「話を伺います」

百瀬は靴を脱ぎ、スリッパに履き替えた。

そのとき靴下に小さな穴を見つけた。奥の部屋へ移動しながら考える。前もそうだった。なぜこの豪邸《ごうてい》に来る時に限って靴下が破れているのだろう？

そうか、照明だ。

ここは玄関の照明がアンティークのシャンデリアで、照度が高いから、はっきり見えてしまうのだ。百瀬のアパートは裸電球がひとつ。全体に薄暗い。

ひょっとしたら……靴下だけでなく、自分自身にも穴があるのかもしれない。見えてないのは自分だけで、大きな穴がぽっかり開いてたらどうしよう？

百瀬は胸ポケットを手で押さえた。ここに婚約者の写真が入っている。彼女にも見えているのだろうか、百瀬の穴が。

「玄関のベルが鳴りましたの」

広いリビングで野口美里は中央のソファに座り、シュシュを抱きながら話し始めた。

「メヌエットが鳴ったので」

「メヌエット？」

「上の玄関前でベルを押すとメヌエットが鳴りますの」

「一階では？」

「メヌエット」

「え？　どちらもメヌエット？」

「上で押すとベートーベンのメヌエットで、下で押すとバッハのメヌエットなんです」

「ややこしいですね」

「あら、全然違いましてよ。百瀬先生はどちらがお好き？」

「どちらかというとバッハのメヌエットのほうが」

「まあ、らしいこと。でもあれって眠くなりません？　わたくしはベートーベンのメヌエットのほうが好きよ。彼にしては珍しく明るい曲調ですしね」

　歴史的大音楽家をあっさりと「彼」と言ったが、美里には言うに足る威厳《いげん》がある。先ほどよりはリラックスしたようで、柔らかな口調で話す。

「その日は好きなほう、ベートーベンのメヌエットがいきなり鳴りましたの」

「つまり、野口さんが下のオートロックを解除しなかったのに、いきなり玄関前に人がいたということですね」

「ええ、驚きましたわ。ここは訪問販売や営業マンは入ってこられないしくみですからね」

「ひょっとして、いらしたのは同じマンションの住人とか」

「そうなんです。近所付き合いなどしませんから、警戒したんですけど、インターホンのモニターに映ったのが頭だったので」

「背が低かった。子どもだったんですね」

「ええ、ですからドアを開けましたの」

そこまで話すと、いきなり美里は両手で顔を覆った。シュシュは心配そうにご主人を見上げる。

「わたくしったら、いったい何をだらだら話しているのかしら！　もっと単刀直入にずばりと説明したいのに」

「野口さん、だいじょうぶですよ、落ち着いて」

「だって、エリザベスは誘拐されたんです！」

「誘拐事件ということは、お電話でも伺いました」

「今こうしている間にも、あの子がどこでどういう気持ちでいるかと思うと！」

百瀬は立ち上がった。

「野口さん、音楽を聴きませんか？」

「先生？」

「すばらしいレコードコレクションですね。プレイヤーはええと、六〇年代のものですね。回転数の調整が難しいでしょう。さわって良ければわたしがかけますよ。どれがいいですか」

「先生」

「ビバルディにしましょうか。やさしい曲がいいですね。こちらはわたしに任せて、申し訳ありませんが、エスプレッソいただけますか」

するとと美里は元気よく立ち上がった。

「マシンを新しい機種に変えたところなんですの！」

「こんどは粉の分量を間違えずにお願いしますね」

「おほほ、注文の多いお客様ね」

美里ははずんだ足取りでキッチンに去った。

ビバルディが流れる頃には、美里はすっかりと落ち着いた様子で、香りのよい珈琲《コーヒー》を運んできた。香りとビバルディに癒《いや》されたのか、美里の表情はいくぶん明るい。

「わたくしどこまで話しましたっけ」

「子どもが訪ねて来たところからお願いします」

「まだそこですか。話が長くなりますわ。その子、誘拐犯ではないんですよ」

「ええ、わかってます。まだエリザベスも登場してないんですからね」

「どこから話せば早く依頼内容にたどりつけるかしら」

「時間は気になさらず、順に話してください。その前に、ひとつだけ確認します。エリザベスは猫ですよね？　誘拐されたのは訪ねて来た子どもではなく、猫ですよね？」

「ええ、誘拐されたのはエリザベス。猫です」

百瀬はほっとした。人間の誘拐事件だったら即警察を呼ばねばならないが、猫の場合、警察は頼んだって動こうとしないし、とりあえずしっかりと話を聞こう。

「その子は言ったんです」と美里は切り出した。

「三〇〇一号室の滝之上ですと。水色の制服を着た小学生です。女の子です。見覚えがありました。よくエレベーターに乗っているんです。ランドセルを背負ったまま、外を見ているんです」

「その少女なら、以前こちらに伺ったとき、少しだけ話したことがあります」

「その子がこう言うのです。見て欲しいものがあるから、うちに来てくれないかと。その子のうちには大人はいなくて、自分だけというのです。昼間でしたから、親は仕事に出ているみたいで」

「その子、どんな様子でしたか」

「表情のない子で、妙に落ち着いていました。でも、あかの他人のわたくしに助けを求めるのですからね。困っているに違いないと思いました」

「それで、行かれたんですね」

「ええ、お隣ですからね。上がり込むのもなんですから、玄関で待っていました。うちと作りが違いますの。うちの玄関は正方形ですが、あちらは長方形でした。うちのほうが広々として、見栄えがいいのですが、使い勝手はあちらのほうが良さそうでした」

「女の子は？」

「いったん奥へ行き、バスタオルを抱えてやってきました」

そこで美里はごくりとつばを飲み、言った。

「わたくし見たんです。小さな毛の固まり。バスタオルに包んでありました。その子は言うのです、これは犬ですか、猫ですかと」

「どちらだったんです？」

「猫だと思うと言ったら、おばさん猫飼ってますよねと言うんです」

野口美里はいまいましい、というように拳を握りしめた。

「嫌な感じがしたんです。あなたの罪は知ってますよと、念を押されたような気がしましてね」

「どうしてです？」

「ペット禁止のマンションでシュシュを飼っていることをあれこれ言う人間はたくさんいますから」

「はあ」

「わたくしは堂々としておりました。シュシュを飼うのがルール違反ならば、ルールが間違っているという自信があるのです」

ゆるぎない美里の態度に、百瀬もつい「おっしゃる通りです」と相槌《あいづち》を打った。

「シュシュはね、耳が聞こえないぶん、目でものを言いますの。すごいんですのよ、この子は」

百瀬は話が依頼内容からずれていくのを感じ、そっと軌道修正した。

「その子は野口さんに何をしてほしかったのでしょう？」

「獣医を紹介して欲しいと言うのです。どこか病気なのかしらと観察したら、目やにがひどいんです。わたくし、洗面所を借りますよと言って上がり込み、ハンカチを濡らして猫の目をそっと拭きましたの。そしたらね、パチッと目が開きました」

言いながら、美里は自分の目をパチッと開いて見せた。イタリア女性のようにくっきりとした二重だ。

「それはよかったですね」

「ずいぶんと殺風景《さっぷうけい》な洗面所でしたわね。作りもシンプルで、壁紙もうちのと違い、なんていうか……。殺風景ってほかにどんな言い方があるかしら」

「飾り気がないとか、殺伐《さつばつ》としているとか、寒々《さむざむ》しいとか」

「そうそれよ。なにかこう、あたたかみがなくて」

百瀬は再び軌道修正した。

「その子、喜んだでしょう」

「そりゃあ喜びましたわ。それまで無表情だったのに、頰を真っ赤にして、尊敬しますと言うものですから、わたくしすっかり気を良くして、はりきりましてね。飼うなら協力を惜しまないと約束しました」

百瀬はためいきをついた。ペット禁止のマンションで、よそのうちの子にまで猫を飼うことを勧めるなんて。

「名前はどうするのと聞いたら、良子《よしこ》にするつもりだと言うんです。良い子と書いて良子ですって！　まったく信じられませんわ。それは猫らしくないと反対しましてね。うちの子のミドルネームをあげて、エリザベス・アイザッハ・メアリーと名付けました」

「その子はそれで納得したんですね？」

「目やにをとっただけですのに、ずいぶんと恩に着たらしくって、そうしますと言いました。良子だなんて駄目ですよ、猫なのに」

「猫の種類は？　長毛種ですか？」

「あれはなんですかしら、短い毛で、全体に白くて、ほかに色が少し入ってて、茶とか黄色とか」

「三毛猫ですか」

「そうたしかそれよ。わたくし雑種の種類はよくわかりませんの」

百瀬は思った。三毛猫ならばエリザベスより良子のほうが似合うのではないかと。

あの和風なデザインに馴染《なじ》むし、エリザベス・アイザッハ・メアリーのほうがよほど三毛猫らしくないと思うが、センスはひとそれぞれ。議論するほどのことではない。

「それからすぐにエリザベスを動物病院に連れて行き、ええ、彼女も一緒に来ましたわ。恵比寿《えびす》にあるシュシュのかかりつけの病院ですの。ハイヤーは使わずにわたくしの車で行きました。マセラティは振動が気になるのでレクサスにしました。獣医の見立てでは、病気も怪我もないということでした。脱水症状で弱ってて、体は小さめですが、生後半年くらい経っているらしいです。もう少し太ってからでないと、避妊手術はできないと言われて、栄養剤を打ってもらって、連れて帰りました。猫を飼うのに必要なトイレ、ごはん、水入れなどひととおりのものは、このわたくしが揃えました」

「その子の親御さんは？」

「さあ、知りません」

「あとからお礼を言いに来たりしませんでしたか？」

「いいえ。同じフロアの住人ですが、面識はないのです。このマンションはプライバシー遵守《じゅんしゅ》が鉄則ですからね」

親に承認も得ずに子どもにものを買い与えるなんて。しかし、そういう社会常識は野口美里には通じない。

「エリザベスはここではなく、滝之上さんの家でそのお嬢さんが飼うことになったんですね」

「ええ、そうです。わたくしがかかわったのは飼い始めて二日間です。彼女、京子ちゃんが妙にしっかりものですしね、大丈夫と思ってしばらく放っておきました。こちらも忙しかったんですの。業者が部屋を出入りしてたもので。リビングの壁紙、張り替えたんですのよ。ウィリアム・モリスのペアウッドにしたんです。一〇九番。どうです？」

「すてきですね」

「一〇一と迷ったんです。今でもふと、迷いが出ます。サンプルご覧になる？」

「いいえ、これがお部屋に合っていると思いますよ。その後、何があったんです？」

「また鳴ったんですよ、メヌエットが」

「上の。つまり、ベートーベンのほうですね」

「ええそう」

そのときまさに、ベートーベンのメヌエットが鳴った。

「あら、きっと彼女よ。学校から帰ったらうちに来るように言っておいたの」

美里はいそいそと迎えに行った。

三時半。電車通学にしては早い帰宅だと百瀬は思った。

少女は入ってくるなり、百瀬を値踏みするようにじろりと見た。

青白い顔をしている。ひたいがやけに広い。水色に白いセーラー襟。有名私立校の小学部の制服だ。百瀬は以前、国内最大手の法律事務所・ウエルカムオフィスに所属しており、上司の子どもがこの学校へ通っていたため、見覚えがある。

少女は紺色のハイソックスをはいている。手も足も棒のように細く、髪は薄茶色で束《たば》ねずに長く垂らしてある。

初めてエレベーターで会った時から一年しか経ってないのに、すっかり子どもらしさを失って、表情は暗く、硬い。

一年前、あのエレベーターで、彼女は霊柩車《れいきゅうしゃ》を指差し、「ねえ、あれ、空飛ぶんでしょう？」と百瀬に尋ねた。「パパそう言ってたよ。ママ空にいるって」

百瀬が「空飛ぶ車だよ」と答えると、少女はにっこり笑った。

今は違う。生まれてこのかた笑ったことなど一度もありません、と言いたげな顔だ。この一年で彼女の心境にどのような変化があったのだろう。

百瀬は笑顔で言った。

「こんにちは。弁護士の百瀬です」

# 第二章　三毛猫誘拐事件

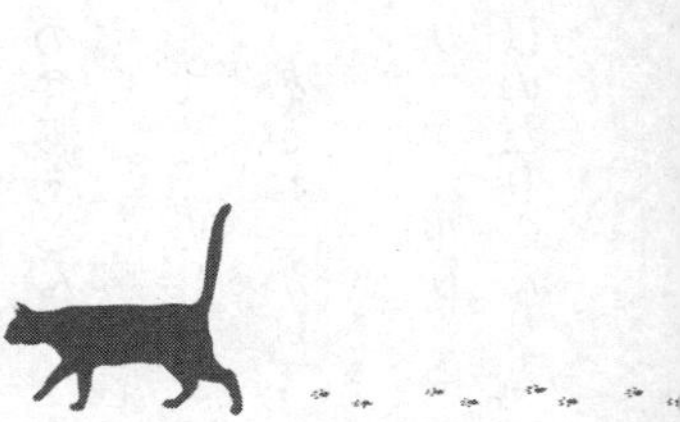

弁護士と聞いて、京子は半歩あとずさった。

パパは携帯電話に向かってよく「弁護士のやつらが」と毒づく。そのあとは難しい言葉すぎて聴き取れないのだが、あの言い方からすると、弁護士は悪者だ。

京子が何も言わないでいると、野口美里が「猫の事件では日本一の弁護士さんよ」と言った。

つまりは日本一の悪者なのだ。

悪者はこちらを油断させようとしているのか、ふざけたような丸いめがねをかけている。髪はなんていうか、気ままだ。

京子は勧められるままに椅子に座った。野口美里と百瀬は並んでソファに座り、よっつの目でこちらを見ている。シルビーヌ・アイザッハ・シュシュはのたりのたりとやってきて、京子の膝の上に乗った。

シュシュのおなかは温かい。エリザベスのぬくもりを思い出し、胸がずしんとした。

あやしい丸めがねは言った。

「野口さんから、エリザベスちゃんを飼い始めたところまでうかがいました。そのあと何があったんですか」

「いなくなりました」

「滝之上さんのおうちからいなくなったんですか？」

「散歩の途中でいなくなったんです」

「散歩？」

美里と百瀬は同時に叫んだ。

「あなた、エリザベスと散歩をしたの？」

美里はあきれたような物言いで、「いったいどこを散歩したんです？」と責めるように尋ねた。

「近所の土手です」

「なんとまあ！　あきれたこと！」

美里はアメリカ人が「ＯＨ、ＮＯ！」と叫ぶように、肩をそびやかす。

美里の反応に、京子はむかついた。抗議の気持ちをこめて、こう言った。

「野口さんが買ってくれたハーネスを付けて、散歩をしたんです」

「あれはおしゃれで買ったんですよ」

美里は抗議をはねつけた。

「シュシュは七つも持ってますわ。たまに着せて写真を撮るんです。もちろん部屋でですよ。まさか、散歩するだなんて！　子どもってなんてとんちんかんなんでしょう？　ゆだんできないものですわ」

美里は西洋人のように手を振り回し、「これってわたくしの責任ですの？」と叫んだ。

「野口さんのせいでも京子さんのせいでもありません」

百瀬はとりなすように言った。

京子は疑問に思い、大人ふたりに質問した。

「猫と散歩しちゃいけないんですか」

美里は「猫と散歩だなんて！」と言って立ち上がり、部屋の中をぐるぐる歩き回った。すると血の巡りが良くなったのか、急に考えが変わったようで、「でも、なんだかちょっと楽しそうですわねえ」とシュシュを見た。

百瀬は釘《くぎ》を刺す。

「シルビーヌ・アイザッハ・シュシュちゃんは試さないほうがいいですよ」

「あら、だめ？」

「犬と違って猫は散歩を必要としていませんし、環境に驚き、逃走する危険があります」

「エリザベスは喜んでいました」と京子は言った。

「逃げたんじゃない。誘拐されたんです。それに」

「それに？」

「散歩が必要な猫もいると思います」

「エリザベスは散歩が必要な猫なのですか？」

百瀬の問いに、京子はこう答えた。

「土手にいたのをうちに連れてきたんです」

「わかりました」と百瀬は言った。

美里は「え？」と驚いた顔をした。百瀬の顔を覗き込むようにして、「何がわかったんですの？」と尋ねた。

百瀬はやわらかな口調でこう言った。

「滝之上さんは、エリザベスが家族に会いたいのではないかと思ったんです」

こんどは京子が驚いた。

日本一の悪者は、なぜわたしの心がわかるのだろう！

こんなにさっしの良い大人がいるなんて、信じられない。たぶんまぐれだ。心をゆるしてはいけない。

百瀬は京子に尋ねた。

「このマンションはペット禁止です。散歩に出るとき、管理人さんに注意されませんでしたか」

「ランドセルに入れて連れ出しました。入る時もそうやって入ったし」

こんどは美里が京子に尋ねた。

「家族って、猫の家族？　おかあさん猫とか、兄弟猫ってこと？」

京子はうなずく。

「猫にだっておとうさんやおかあさんがいると思います。だから連れて行きました。わたしが近くにいるとエリザベスの家族がこわがって現れないのではないかと思い、付けているハーネスを土手のくいにくくりつけて、しばらく離れていたんです。そのとき蚊が足に止まったので、足をばたばたさせて追い払って、ふたたびくいを見たら、もうエリザベスはいませんでした」

京子は持っていた手さげ袋から、ハーネスを出してふたりに見せた。かわいらしい刺繡《ししゆう》がほどこされた高級なハーネスだ。

百瀬は言った。

「犯人はわざわざこれをはずして、エリザベスだけを連れ去ったんですね？」

京子はうなずき、百瀬を見つめた。

この悪者は、やわらかい。パパのようにせわしなくないし、学校の先生みたいにきめつけない。そして、野口美里より頭が良さそうだ。エリザベスを取り戻すには、こっちの大人を利用するべきかもしれない。信用できるかどうか不安だけど、今は起こったことを正直に話そう。

「はじめはわたしも逃げたと思ったんです」

「まずはそう思いますよね」

「だから探したんです」

「どうやって？」

「川沿いを走って探しました。川も見ました。おぼれてないか、怖かった」

京子はぶるっとふるえた。想像するだけで、寒気がする。

「でもどこにもいなくて」

「どのくらいの時間、探しましたか」

「時間はわからないけど、暗くなりました。いったん家に戻り、夜はえさをまきに行きました」

「何日それをしましたか」

「三日間やりました」

美里は青ざめた顔で「わたくし全然知りませんでした」と言った。

「なぜわたくしに言わないの？　叱《しか》られると思った？　名付け親じゃないの！」

そう言われて、京子は考えた。

自分はなぜあの時この人に相談しなかったのだろう？

エリザベスを見失って動転して、ただもう必死だったし、思いつく限りのことをやってみたのだ。その中に美里に相談するという項目はなかった。

エリザベスを拾ったときは真っ先に「お隣の、猫を飼っているおばさんにお医者さんを紹介してもらおう」と思ったのに。

考えてみると、協力してもらえばよかった。叱られるのなんて、こわくないし。なぜ相談しなかったのだろう？　京子は自分の気持ちを探したが見つからず、返事ができないでいた。すると百瀬が代わりに答えた。

「ごめいわくをおかけしたくなかったのでしょう」

この答えに美里は満足したようで、おとなしく座った。

京子は手さげ袋から、一枚の紙を出して見せた。フルカラーの派手なチラシで、こう書いてある。

『三毛猫を探しています。啄木鳥橋付近で行方不明になりました。見つけてくださった方には百万円差し上げます　滝之上』

百瀬は尋ねた。

「これをどこで作ったんですか」

「駅前に小さなお店があるんです。学校へ行くときに通るので、知ってました。チラシ作りますと看板に書いてあるんです。三日探しても見つからないので、そのお店でこれを作ってもらいました」

「費用がかかりますよね？」

「五百部で二万五千円。お小遣いで払いました」

「二万五千円。小学生のあなたがひとりで申し込みに行って、お店の人はお金を受け取ったんですね？」

「新聞と一緒に配る……ええと」

「手間賃？」

「そう、そういうのも込みだと言ってました。自分で配らなくていい仕組みなんだそうです。十枚はサンプルとしてもらいました」

「それをどうしたの？」

「自分で電信柱に貼りました。九枚は貼れたんだけど、あと一枚は良い電信柱が見つからなくて。それがこれです」

「電信柱に勝手に貼って、いいんですの？」と野口美里は百瀬に尋ねた。

「民事上は所有者、つまり東京電力の許可が必要となります。刑事上は自治体によっては犯罪にはなりません。たしかこの区の条例では罰金が科せられますが、風営法にひっかかるような悪質な内容ではないですし、このような貼り紙で、罰金を科せられた前例は今のところありません」

京子は大人ふたりの会話が理解できなかった。美里も、百瀬の回答を百パーセント理解できたわけではない。

「心配要りませんよ」

百瀬は京子に微笑み、質問を再開した。

「文章はあなたが考えたんですか？　お店の人が？」

「その場で文章を書くように言われて、紙を渡されて、わたしが書きました」

「書き方のアドバイスはなかったんですか？」

京子は首を横に振った。

「あなたが書いたまま何も修正されずに、チラシになったんですね」

「はい、そうです。すぐにできると言われて、約束通り翌日には仕上がっていました」

すると美里は遠慮なく言った。

「このチラシでは全然だめですわ！　ねえ、百瀬先生」

百瀬はうなずき、京子をちらちら見ながら、「三毛猫と啄木鳥橋だけでは情報が少し足りないかもしれません」と遠慮がちに言った。

美里はきっぱりと言った。

「百万円じゃあ、少なすぎます。誰がそんなお金で動くのです！」

美里は両手を組み合わせ、身悶えするように言った。

「わたくしに言ってくれれば、もっと見栄えのする金額にしましたのに。まだ子どもだから適正価格を知らないんですわ」

京子はテキセイカカクって何だろうと思った。

百瀬は美里の適正価格っていくらだろうと思った。

百瀬は京子に尋ねた。

「もしエリザベスが見つかったら、百万円はどうやって支払うつもりだったんですか」

「パパの口座から引き落とすつもりでした」

「カードを使えるんですか」

「もしものときのために、カードを預かってます。パパは海外出張が多いから」

「そのことは人に言わない方がいいですね」

京子ははっとした。家庭の重要な情報を悪者に伝えてしまった。しかもそれを悪者に注意されるなんて、二重に失敗だ。

「その後、どうなったんですか」

「チラシを貼ったらすぐに、うちに電話がかかってきたんです。男のひとでした。わたしが出ると、こもったような低い声で、子どもじゃだめだ、おかあさんを出せって。三毛猫の件で話があると言いました。うち、おかあさんがいないので」

「それで京子ちゃんがうちに来ましたの」

「再びベートーベンのメヌエットが鳴ったんですね」

「やっとわたくしの番が来ましたわ。ここからはわたくしが説明します。京子ちゃんよりわたくしのほうが、ここから先は当事者なんですの」

まるで事件の当事者が格上かのように、美里はは り切っている。

「でもその前に、ちょっとお待ちになって。子どもには水分補給が必要ですよ。バンホーテンのココアがあるんです。今、アイスショコラ・オ・レを作って来ますわ。絶品よ」

野口美里は絶品のところでウインクをした。音が鳴りそうなほど大きなウインクだ。

美里がキッチンへ消えると、京子はとたんに不安になった。

妙な男とふたりきりだ。怖い。こぶしを握りしめていると、百瀬が胸ポケットから写真を出して見せた。

「このひと、わたしの婚約者なんです」

写真を見て、京子は急に落ち着いた。ものすごく感じのいい女の人の笑顔がそこにあったからだ。こんなに感じがいい人が結婚しようと思っているなら、この男を信用してもいいかもしれない。

「写真は重要な情報なんだよ」と百瀬は言った。

「チラシにどうして写真を載せなかったの？」

「写真がないから」と京子は言った。

「絵も得意じゃないし……あのときは……」

「あのときは？」

京子は正直に話してみた。

「あせってた」

「そりゃあ、あせるよね」百瀬はうなずいた。

京子ははっとした。

「もう、あせらなくていいからね」

京子はつばをごっくんとのみこんだ。

「あせらなくていいんだ」と百瀬は念を押した。

京子はあたたかい毛布でくるまれたような気がした。

百瀬は京子の目を見てこう話した。

「あなたはまだ子どもだし、足らない部分があって、当然です。もっと大人に頼っていいんだよ。悪い大人もいるから、人を選ばなきゃいけないけどね。あなたはエリザベスを拾ったとき、野口さんに助けを求めた。これは正解です」

京子は体がふわっと浮いたような気がした。

「野口さんはいい人です。それはあなたもわかっているでしょう？」

京子はうなずいた。

「ちょっと変わったところがあるから、事件が大きくなっちゃったけど」

「大きくなったって、わかるんですか？」

「方向性の予想はつきます。でもきっとこれから聞かされることは、わたしの予想をはるかに超えてるでしょうね。女性はこちらが想像もつかないことをするから」

百瀬はちらっとキッチンを見た。見えないが、カチャカチャと音が聞こえて来る。家庭の音だ。京子を見ると、むさぼるように音を聞いている。百瀬は自分と同じように、京子にも足りないものがあると察した。

「先生は」と京子は言った。

「なんですか？」

「わたしがエリザベスと散歩をした理由をわかってた」

百瀬は微笑んだ。

「少し似てるのかもしれませんね」

「似てる？」

「滝之上さんとわたし」

京子はぞっとした。

自分の髪はさらさらだし、こんなへんてこなおじさんと似ているだなんて、やぶさかではない。このひと、すっごく変！　小学生と自分を似てるって言うだなんて、まともな大人じゃないんだ。

京子は開きかかった心にしっかり蓋をして、念のために鍵もかけた。

「できましてよ」

野口美里がアイスショコラ・オ・レを運んで来た。

ほっそりとした三つのグラス。白と茶色のグラデーションが美しい。京子はのどがごくんと鳴り、おなかがぐう、と鳴った。

寿春美《ことぶきはるみ》はココア味の豆乳をストローでちゅうちゅう吸いながら、コーラの三百ミリリットル入りペットボトルをダンベル代わりに上げ下げして左腕を鍛えている。

「筋肉痛にならない？」

亜子は母手作りのお弁当を食べながら、春美から目をそらす。見ると、吹き出してしまうからだ。

ここはナイス結婚相談所の会議室C。経営者が社員に異動やリストラを勧告する場所で、社内では「天国と地獄のC」と呼ばれている。栄転するものには天国、リストラされるものには地獄。

春美は成婚率最低記録を更新し、先月、社長にここに呼び出された。

「あと二ヵ月このままだったら、わたしにも考えがある」と社長は言った。

白いあごひげが逆三角形に整えられており、それを見るたび春美は笑い出しそうになるのだが、さすがにこの日は神妙《しんみょう》に聞いた。

社長はあきれた顔でぼやいた。

「寿くんには向上心がない。なさけない」

春美はつつしんで次のように言った。

「お昼休みにこの部屋を使わせてもらえませんか？　成婚率トップの大福先輩にお願

いして、自主勉強会をします」

　こうして昼休みにこの部屋を専有する権利を得た。

　会議室の中で一番小さく、防音装置もばっちりだ。ランチを食べながらガールズトークをするのにうってつけの場所である。

「春美ちゃんって、ちゃっかりしてる。それくらい機転がきくのに、なぜ成婚率が上がらないのかしら」

　亜子はためいきをつく。春美は左腕を鍛えながら言った。

「結婚に夢をもってないからだと思います」

　ふうふう言いながら、春美は話を続ける。

「わたしはばりばりのキャリア志向ですからね。ふうふう。結婚を覚めた目で見ているんです。ふうふう。亜子先輩は結婚に夢を持ってるでしょう？」

　亜子は顔がほころんだ。百瀬との結婚式はもう何度も想像している。

「わたしはウエディングドレスが着たいんだけど、百瀬さんは和服のほうが似合うと思わない？」

「猫弁が和服を着たら落語家になっちゃいそう」

　言いながら、春美は思う。自分は結婚に夢をもっていないから、この仕事にむいてない。一方、亜子は仕事はできるが、夢を持ち過ぎている。こんな夢見る夢子さんが、無事結婚できるのだろうか？

「結婚式に男の都合なんて考えてたら、ふうふう、決まるものも決まりませんよ。ふうふう。すべてこっちで計画して、ふうふう、お金だけ出してもらえばいいんです。ふうふう。女は式のことを一生覚えてるけど、ふうふう、男は三日で忘れるってデータがあるじゃないですか」

亜子はうなずく。

「ここに勤めていると、データが現実を教えてくれる。お客様に夢を与えるお仕事だけど、こちらは夢を持ちにくいね」

「亜子先輩の結婚式、わたしは何を着ようかな」

「振り袖は？」

「持ってないです。ふうふう、成人式は一日うちで『女の未来は株しだい』を読んでました」

「わたしので良かったら着る？」

「着る着る！　一度着てみたかったんですよ、振り袖」

一瞬止まった訓練を春美は再開する。

「新居は決まったんですか？」

「まだなの。住宅情報誌で探しているんだけど。百瀬さんの事務所も新宿《しんじゅく》だから、やはり新宿に出やすいところよね」

「共働きですか？」

「子どもができるまでは働くつもりだけど」

「へえ、いずれここやめちゃうんだ。ふうふう、成婚率トップの亜子先輩が専業主婦になり、成績最低のわたしがバリキャリ志向。ふうふう、皮肉なものですね」

春美はダンベルを上げ下げする手を止め、「子どもかあ」と感慨深げだ。

「猫弁ジュニア。髪くるくるで、あんがいかわいいかもですね。でも猫弁太郎、知ってるのかなあ」

「なにを？」

「子どもの作り方」

「春美ちゃん、下品！」

「すみません、ここ防音ばっちりだし、居心地良くて、つい」

「それよりなんで腕を鍛えてるの？　シェイプアップ？」

春美はしかつめらしく言う。

「いいですか？　学歴のないわたしがここに採用されたのは『寿』という苗字を社長が気に入ったからです。経営者ってゲンをかつぎますからね。その社長が二ヵ月って言ったんだから、おそらくわたしは二ヵ月後にクビになるでしょう。とりたてて資格のないわたしはかわいそうなことに再就職は難しく、まずはけなげに肉体労働で日銭を稼ぎ、起業の準備をするんです」

「肉体労働？」

「運送業とか、建設業とか。腕力勝負の仕事です。今から鍛えておかないと」

「それだって腕の力だけではできないでしょう？　みんな勉強して一人前になるのよ。クビになる前に、ちゃんと今の仕事を勉強しようよ」

　春美はため息をつく。

　起業の夢があるがため、目の前の仕事に身が入らない。かといって、起業の夢も具体性がない。才能を活かしてどっかーんと成功する。そんな抽象的な夢をわれながらもてあましている。夢見る夢子は自分なのかしら？

　猫弁は弁護士になる夢を叶えた。よそ見をしなかったからだ。

　亜子は猫弁のお嫁さんになる夢が叶う直前だ。よそ見をしなかったからだ。

　ふたりは一見、浮世離れしているようだけど、自分に比べ、地に足がついている。

セメダインでくっついているのかと思うほど、しっかりと。

春美はあせりを振り払うように、コーラを飲もうとした。

「だめ！　キャップ開けちゃだめ！」

亜子は大声で制した。

「コーラの噴水になるわよ」

そうでした。まさに地獄のCになるところだ。

春美は自分の話を切り上げ、亜子の結婚に話を戻すことにした。こちらのほうがよほど建設的だし、明るいし。

「猫弁太郎氏とは順調ですか」

「百瀬さんから電話があったの。七夕の日においって話があるって」

「七夕って亜子先輩の誕生日じゃないですか！」

亜子は力強くうなずく。

以前、喫茶店でデートした時、百瀬が電話に出るため席を立った。

その時、目の前にある百瀬のノートを何気なく覗いて、亜子は驚いた。そのノートには交際スケジュールプランが綿々《めんめん》と書かれてあり、まるで受験勉強のような熱心な調べっぷり、検討っぷりに舌をまいた。

東大卒が本気でものごとに取り組むとこうなるのか。いや、百瀬が特異なのかもしれないが、秋田旅行のプランの細かさなどは、引いてしまうほどだ。帰りの新幹線の話題のひとつとして、「誕生日を聞く」という項目があり、「月日だけで、年齢を女性に尋ねては失礼」と注意事項まで付け足してある。

そこで亜子は、自分の誕生日をちいさく書き込んでおいたのだ。

気付いてくれるか心配だったが、ほどなく「七月七日にお会いできませんか」とむこうから言って来たので、おそらく見たのだろう。百瀬は紳士なので「ノート覗いたんでしょ？」とは言わず、やさしく女心を汲《く》み取《と》ってくれたに違いない。

ちなみに秋田旅行は百瀬が当日ドタキャンしたし、ノートのプランの十分の一も百瀬は実行できてないし、話題も乏《とぼ》しい。

あのノートはなんなのだろう？　希望的予定表なのかしら？

ひとつ大きな不安がある。亜子が覗いた時点で、式や入籍の予定の検討はなにもなされていなかった。

春美はひとごとなので楽観的だ。

「婚約者の誕生日に重大発言。いよいよ新居をプレゼント、かなあ？」

「まさかあ。そんなに手回しよくないと思うけど」

「入籍日はどうするとか、手続き系かな」

「おそらくそっちだと思うの。弁護士だから、固い話は得意よね」

「いえいえ、その日はバースデーディナーかもしれません。いくら貧乏弁護士でも、婚約者のバースデーくらいがんばりますって。ホテルでディナー、食後は上に部屋をとっています、とか？」

「やだあ、まさかあ！」

「赤くなってる！」

亜子の携帯電話が鳴った。

「うわさをすれば？」と春美が言うと、亜子は顔を横に振りながら電話に出た。

「赤坂くん？」

亜子は声をひそめ、なにやら話している。「だめよ」とか「無理」とか「今夜なんて」などと、あやしげな会話だ。

春美は「赤坂って誰だろう？」と思った。

会員にはいないし、「くん付け」だし。

アイスショコラ・オ・レは非常においしく、百瀬も京子もあっという間に飲みほした。野口美里は二度目の京子の訪問について説明を始めた。

「うちの玄関に入るなり、京子ちゃんが子機を差し出して、電話に出て欲しいというので、出ましたの」

　野口美里は興奮気味に話す。

「なにせ途中のことをなにも知らずにいきなり電話に出たんですからね。もしもしと言いましたら、相手はいきなり、三毛猫は預かったというのです。三毛猫と言われてもほら、雑種の種類ってどうも頭に入らないものですから、三毛猫って何ですかと言ったら、そばで京子ちゃんが、エリザベスですと言うので、驚きました。ええ、驚きますわよ。わたくしね、シュシュの病気を心配することはあっても、誘拐を心配したことはございません。人さらいって言葉はありますが、猫さらいって聞いたこともないでしょう？　耳を疑いましてね、あなたは誘拐犯ですかと聞きますと、相手はこう言いました」

美里はいったん息を整えて、こう言った。

「返して欲しければ五百万円用意しろ」

「五百万？」

百瀬は驚き、聞き返した。美里は思わせぶりにうなずく。

「そうです。信じられます？　返して欲しければですって！」

「え？」

「わたくしね、言ってやりました。返して欲しいに決まってるじゃありませんかと！　五百万ならあります、すぐに持っていきます。住所を教えてくださいと言いました」

百瀬は言葉が見つからなかった。犯人も同様のようだ。

「するとね、相手は急に黙ってしまったんです。それから、あわてたみたいに、かけ直すと言うのです。ごうごうごうごう、妙な雑音が入るし、落ち着かないので、お隣の子機ですからね、電波が弱いのでしょう。犯人にわたくしの携帯番号を教えました。あなたの番号も教えてくださいと言ったんですが、ブツッと切れたんです。失礼でしょう？」

野口美里はこぶしを握りしめる。

「携帯電話を握りしめて電話を待ちました。なかなかかかってきませんの。どちらにかかってくるかわかりませんから、念のために京子ちゃんの家に行きました。京子ちゃんのうちの固定電話の着信履歴を見たら、かかってきた番号は非通知になっていました。とにかく待つしかありません。どれくらい待ったかしら？」

「一時間くらい待ちました」と京子は言った。

「そうだったかしら。わたくし半日くらい待った気がしました。やっとわたくしの携帯電話が鳴りました。やはり非通知で、今から指示通りに動けというのです。銀行のカードを持って、近くのATMに行けというのです。十五分後にまた電話をする。電話で指示するというのです。まどろっこしいですわよね。口座番号を教えてくれれば振り込むと言ったんですが、ブッッと切れました」

百瀬はそこでやっと口をはさんだ。

「口座番号をメモされたら、足がつきますからね」

「とにかくすぐにカードと携帯を持って近所のたんぽぽ銀行に行きましたの。そしたらまた電話がかかってきたのでね、準備は整ったかと言うから、今ATMにカードを入れるところですと言ったら、銀行員から声をかけられました。お客様、いったん操作を中止してくださいと言うのです。今忙しいんですと言ったら、なんと、電話が切れてしまいました！　指示がなければ何もできません。呆然としていますと、銀行員が奥で話を聞きたいと言って、二人掛かりでわたくしの両脇をかかえてどんどん連れて行くのです。まるで連行される犯人のような気持ちになりました」

美里は怒っている。犯人ではなく、銀行への怒りがおさまらないようだ。

「応接室に通されました。するとね、呑気《のんき》にお茶など出してくださるの。そして、どういったご事情で携帯を使いながら操作をしているのか教えてくださいと言うのです。わたくしね、電話をしながら車の運転をしてはいけないって知っています。電話をしながら送金しちゃいけないなんて法律あるんですかと、堂々、言い返してやりました。するとね、なんですか今、母さん助けてなんとか……って言ってましたかしら」

「警視庁が『振り込め詐欺《さぎ》』から『母さん助けて詐欺』に名称を変更したばかりです」

「その名称、女性蔑視《べつし》じゃないですこと？　女がだまされやすいっていう決めつけですわ」

「えーとその……」

「とにかく銀行はね、犯罪防止のために、あやしい場合は声をかけさせてもらってると言うのです。かちんとくるじゃないですか。わたくしはまだ四十代。そういうのに騙されるのはもっと高齢のかたでしょう？　これは断じて母さんなんとか詐欺ではない、三毛猫誘拐事件なのですと言ってやりました」

「そのあいだ、京子さんはどこにいたんですか」

「わたしはうちで電話番をしていました」と京子は言った。

この話を聞くのは初めてのようで、目をくるくる動かして、先を知りたそうだ。やや子どもらしさが戻った感じだ。

「野口さん、続きをどうぞ」

「銀行の支店長が出てきましてね、一応警察に報告をするというのです。未遂《みすい》に終わったし、事件性は薄いけれど、こういう手口があるというひとつのデータになるからですって。まるきりとんちんかんですこと。未遂じゃなくて、エリザベスは現実に犯人のもとにいるんですのよ。わたくし今度たんぽぽ銀行の定期を解約します。絶対です」

「そのあとどうしました？」

「わたくしひらめきましたの。こうなったら警察にお願いしてエリザベスを取り戻すべきだと。そこで支店長に言いました。わたくしが直接警察に行って事情を話すと。タクシーを呼んでくれたので、そのまま警察署に行きました」

「警察に……行かれたんですか」

「まあ聞いてくださいな。驚いたことに、こちらが誘拐事件と言ってるのに、全く相手にされませんでした。日本の警察はどうかしています」

「刑法の略取および誘拐の罪は『人』限定なんです」

「そうそう、なんだかそういうふうなことを言われて、動物は物品と同じだと言うのです。モノですってよ？　シュシュをごらんなさい。ぬいぐるみじゃありませんわ。心も頭もあるんです。そりゃあ、ぬいぐるみだったら、楽ですわ。手間がかかりませんもの。トイレも病院も必要ありませんからね。生き物はだんぜん手がかかります。手がかかるから愛しいんじゃないですか。銀行も警察もそろってとんちんかんのわからずやですわ。しかたないので、じゃあ、ダイヤモンドが盗まれたのと同じ扱いでいいですから、盗難届を出すと言いましたらね、それも難しいと言うんです。遺失物扱いになるとかなんとか」

「盗まれたという確かな証拠がないからでしょう」

「エリザベスが遺失物なんて。駅の忘れ物じゃないんですのよ」

「警察には民事不介入の原則があり、ペット関連のことではなかなか相談にのってくれません。争って暴力沙汰にでもなってから、やっと動くのが現状です」

「そこで先生に電話をしましたの。エリザベスを取り戻して欲しいのです。身代金はわたくしが払います」

「身代金は必要ありません」と百瀬は言った。

「なんですって？」

「とにかくエリザベスが戻るよう、全力を尽くします。無事に取り戻せるかどうかお約束はできませんが」

「ですからお金を」

「エリザベスの無事とお金は関係ないと思いますよ」

「どういうこと？」

「しばらく時間をください」

百瀬はそう言うと、京子を見た。

京子はわけがわからないという顔をしている。

百瀬は京子に話しかけた。

「エリザベスが使っていたトイレの猫砂をわけてもらえるかな？」

するとと美里が口をはさんだ。

「シュシュのと同じ銘柄《めいがら》です。未使用のものがここにありますよ。ドイツ製の木材チップで消臭効果もばつぐんです」

「エリザベスが使っていた猫砂がいいんです。ひとにぎり、分けてくれる?」

京子は「うん」と言った。

「ありがとう。じゃあ、ビニール袋か何かに入れて持って来てください。そのあと一緒に川へ行き、エリザベスが消えた場所を教えてください」


百瀬は少女と共に土手を歩いた。

夕方の涼しい風が気持ち良い。

美里は一緒に来たがったが、ここはどうしてもふたりでなければならず、説得するのに苦労していたところ、良いタイミングで美里の夫から電話があった。ディナーのお誘いらしく、いそいそと話しているので、置いてくることができた。

京子は五メートルほど先を歩いている。百瀬が近づくと警戒し、早足になるので、声が届く五メートルを保つのが精一杯だ。

突然、京子は振り返り、「犯人はエリザベスを殺す?」と言った。睨《にら》むような目をしている。

「殺しませんよ」と百瀬は言った。

京子の頬にほんのりと赤みが差した。

「絶対殺さない？」

百瀬はきっぱりと言った。

「犯人はエリザベスを殺すことはできません」

京子はそこで質問をやめ、再び歩き始めた。

百瀬は小さな背中を見つめながら思った。信じたい情報を人は必死に信じようとする。へたに追及して不安になりたくないのだろう。自分も子どもの頃たびたびそうしてきたから、よくわかる。

犯人はエリザベスを殺すことができない。これは事実だ。

この子にエリザベスをもう一度抱かせてあげたい。しかしそれはひじょうに困難なことだと百瀬は思う。

「あそこ」京子は指を差した。

「あそこでカラスにつつかれてた」

百瀬は土手を下りた。大きな橋の近くの河川敷《かせんじき》だ。一面の草は伸び放題で、今はカラスも猫もいない。

「そのとき他に猫はいた？」

「エリザベスだけ」

百瀬はくいを指差す。

「散歩した時はあそこにつないだの？」

京子はうなずく。

百瀬は尋ねた。

「さっきこう言ったよね。つないだあと、足をばたばたさせて蚊を追い払ったって。虫、殺せないの？」

京子はむっつりとした顔で、何も言わずに髪をかきあげた。

「学校にはいつから行ってない？」

京子ははっとした。

「あなたが通っている小学部、ソックスは白と決まってるよね。校章が入ったオリジナルのソックス。それから髪は結ぶのが校則にあるでしょう。今日は学校に行ってないね」

京子は自分の足を見た。お気に入りの紺のソックス。制服を着ていればほとんどの大人はだまされる。パパも全く気付かない。気付きたくないんだ。大人は見たいことだけ見ようとする。

この人は違うのかな。わたしと似てるって言ったけど、この人子どもなのかな。おじさんに見えるけど、子どもなのかな。

「学校は許せない」と京子は言ってみた。

「それでも前は通っていたんでしょう?」

「小さな間違いはがまんできるけど、大きな間違いはがまんできない」

「何があったの?」

京子は百瀬を睨んだ。

しばらくじっと睨みつけていたが、やがて小さな声で「フナを」と言って、いったんつばを飲み込んだ。それから少しして、「生きているフナを……」と言うと、ふうっと顔色が悪くなり、しゃがんだ。息が荒い。

「わかった。もう言わないで」

百瀬は上着を脱いで京子の膝にかけた。こうすれば蚊にさされない。そして隣に座ると、背中をさすった。軽い過呼吸だ。すぐにおさまるだろう。

京子の息はやがて正常に戻った。

それからふたりは少し離れた場所に座り、それぞれに楽な姿勢をとり、しばらく川を見ていた。

京子はずっと前から気になっていることを聞いてみた。

「わたし、頭がこわれてる？」

「なんでそう思うの？」

「わからないことが多いし」

「うん」

「人と違ってる」

「滝之上さんの頭はこわれてないよ。正常です」と百瀬は言った。

「その頭を少しお借りしたいのですが」

京子はひょいっと顔を上げた。

「これから犯人探しを一緒にやりませんか？　学校の宿題よりも難しいけど、やりがいはあります」

京子の目はくるっと躍った。

百瀬は京子の目を見て言った。

「わたしは弁護士で、あなたは探偵です」

「わたしが、探偵？」

京子の頰はピンク色に染まった。

百瀬はしかつめらしく言った。

「犯人探しはあなたの頭脳にかかっています」

京子はこぶしを握りしめて百瀬を見つめる。

「いいですか？　探偵にはルールがあります。推理はひとりでやりますが、行動は必ず弁護士と一緒です。探偵は非常にあぶない仕事もします。事件に巻き込まれて刺されたり、調査過程で相手から訴訟《そしょう》など起こされたらたいへんです。弁護士を雇ったほうが得策です」

京子はところどころ意味がわからなかったが、「刺される」だなんて、とっても深刻そうだし、なんとなくいい感じがした。

あぶない仕事を一緒にやろうと大人が言うなんて、おもしろすぎる。

「わたしが先生を雇うの？」

「そうです。お金は野口さんが払ってくれますから、大丈夫。おとうさんのカードに触れてはいけませんよ」

「わかりました」

「いいですか？　わたしたちはひとつのチームです。探偵と弁護士。最強のチームです」

「やぶさかではないと思います」

京子は精一杯気取って言った。

この言葉は自分を三十歳に見せる。威厳が保てると、京子は信じている。

それから百瀬はエリザベスの身体的特徴を詳しく聞いた。京子は非常に的確に答えた。百瀬は真剣にメモをとっている。その姿を見て、京子はどんどん探偵になってゆく気がした。

「かぎしっぽでしたか？」

「かぎしっぽ？」

「しっぽの先が曲がってませんでしたか？」

「さあ」

「では、きっとまっすぐなのでしょう。曲がっていたら、記憶に残るはずです」

この弁護士、猫に詳しい。頼もしい相棒だと京子は思った。

すっかり説明し終えると、京子は尋ねた。

「猫に散歩は必要ないって本当？」

「エリザベスを家族にあわせる必要はありませんよ」

「先生は、猫をばかだと思ってる？」

「違うよ。猫は前向きなんだ」

「前向き？」

「新しい家族ができたら、昔のことは振り返らない。昔の家族を忘れたわけじゃないけど、記憶の奥にしまいこんで、今のしあわせを見つめて、前へ進むんだ」

「そうなんだ……」

「猫はそれがとってもじょうずにできる。わたしも見習いたいけど、そうはいかない」

「先生は、後ろを向いてるの？」

百瀬は微笑み、何も言わずに川を見た。

京子はこれ以上聞いてはいけないと思った。この弁護士はけして怒ったりはしない。でも、少し悲しそうだ。

京子も川を見た。夕陽が川面《かわも》に映っている。川は流れているのに、夕陽は置いていかれる。頑固《がんこ》だから流されないのかな。それともぐずなのかしら。

百瀬は言った。

「では弁護士から探偵に宿題を出すよ。まず家に帰ったら、ノートを用意する。できるかな？」

「ノートはある」京子は請け合った。もう学校へは行かないから、ノートはいくらでも好きに使える。

「そう、良かった。ではね、エリザベスを拾った時から今日までのことを思い出しながらノートに書いてみる。日付や時間も思い出せるだけ書く。野口さんの証言も思い出して書いて、わからないところは野口さんにもう一度聞いて、事件を忠実に文章にしてください。なるべく漢字を使って欲しいのだけど」

「辞書を持ってる」

「そう、じゃあ辞書を引いてください。それが書けたら、わたしに連絡をください」

百瀬は名刺を京子に渡した。

京子はそれを見て「営業時間が書いてない」と言った。

「二十四時間営業です」と百瀬は微笑んだ。

京子は名刺をポケットにしまった。

「学校へは行きますか？」と百瀬が問うと、「行かない」と京子は答えた。

「ならばこの宿題は三日でできるかな」

「三日もかからない」

「犯人の重要なてがかりがあるかもしれないから、慎重にね」

「はい」

「じゃあ今日はこれで帰ろう」

百瀬は上着を羽織った。

「立つときはゆっくりね」と声をかけると、京子は言われた通りゆっくりと立ち上がり、そのあと、あれっという顔をした。

「どうかした？」と百瀬が聞くと、京子は「頭が痛くない」と言った。

「急に立つと、いつも頭が痛くなる？」

「頭はいつも……ときどき痛い」

「立ち上がる時は、ゆっくりがいいんだよ」

百瀬は土手を昇り始めた。京子は素直についてくる。

百瀬の横で、触《ふ》れそうなほど近くを歩いている。

百瀬は思う。京子の母親はどんな思いでこの子を残して逝ったのだろう。どんなに心残りだったろう。胸がしめつけられる。この子を救わねばと、身が引き締まる思いだ。

京子は歩きながら尋ねた。

「先生はフナにメスを入れた？」

「わたしの時代はね、カエルだった」

「カエル？」

「クラスにカエルが八匹配られたんだ。八つの瓶《びん》に入ってた。先生は言った。今からこの瓶に麻酔を染み込ませた綿を入れて、カエルを眠らせますって。先生が説明している間も、カエルののどはちゃんと規則的に動いている。ぼくらがメスを入れなければ、このまま生きていられる。そう思ったら、がまんできなくなった」

京子は驚いた。自分が思ったのと全く同じことをこの弁護士は思ったんだ。京子は耐えられずに教室を飛び出し、その帰りにエリザベスと出会った。

「先生も教室から逃げた？」

「うん、逃げた。でもすごく重たくてね」

「重たいって？」

「八つの瓶をトレイに載せて運んだから、たいへんだった」

「カエル持って逃げたの？」

京子の足はピタッと止まった。

フナを持って逃げるなんて、思いもつかなかった。自分が逃げるので精一杯だったもの。それだけでも充分、目立っていたし、みんな奇妙な目でわたしを見ていた。

自分は頭がおかしいのかと思ったけど、この先生はわたしよりも重症かもしれない。

京子は百瀬の正面に回って、「それでどうした？　どうした？」と腕をつかんで揺すった。

百瀬は微笑んだ。

「ちょうどこんな感じの川があって、土手があってね。そこでカエルを放してやった」

京子は百瀬の顔を食い入るように見つめた。丸めがねの奥の目は、とっても優しくて、ずっと見つめられていたいと思う。

この目にずっと見つめられたら、自分はもう少しいい子になれるんじゃないかしら。

京子は内緒話のようにつま先だって聞いた。

「そのときさ、気分よかった？」

百瀬は顔を横に振った。

「カエルが四方八方に跳んでいくのを見てね、悲しくなった」

「助けたのを後悔したの？」

「違うよ。八匹を助けたとたん、救えなかった命に気付いたんだ。全国でどれだけのカエルが生きたままメスを入れられているか。うちのクラスは三十二人。カエルが八匹。つまり四人に一匹。全国の一学年児童数割る四。それが毎年。果てしない数字が頭に浮かんでね、真っ青になった」

京子は目をまるくした。

百瀬は「昔の話だよ。さあ、暗くなってしまう。帰るよ」と言って歩き始めた。

京子は百瀬に近づくと、袖《そで》のうしろを小さく握った。百瀬は気付かないふりをして、ゆっくりと歩く。

「先生」

「なに？」

「大人になったら、そういう気持ちはなくなる？」

「今も同じだよ。目の前のひとりを救ったとたん、救えなかった人たちを思ってしまう」

「眠れる？」

「眠れるよ。救うのに全力を使うから、くたびれるんだ」

「それで、どうするの」

「またひとり救って、悲しくなって、眠って、またひとり救って、悲しくなって、眠って」

「ぐるぐるまわるの?」

「そう、ぐるぐるだ」

「そのせい?」

「なにが?」

「先生の髪の毛」

「そうかもね」

「先生、かわいそう」

「ありがとう」

百瀬は京子をマンションの入り口まで送って行き、「またね」と別れた。

管理人はいつも仏頂面《ぶっちょうづら》の女の子に「おかえりなさい」を言おうとしたが、女の子の方から「こんばんは」と言われて、ちょっと驚いた。

百瀬はその足で動物愛護センターへ行き、生後半年の三毛猫が届いていないかを確認し、今後届いたら殺処分せずに連絡をくださいと名刺を置いてきた。

職員は「三毛猫というだけじゃ。半年っていうのも、見ただけじゃわからないし」と面倒そうな顔をした。百瀬はあえてしっぽの説明はせず、「三毛猫ならすべて連絡ください」と言った。言いながら、胸が痛んだ。

帰り道も足が重たい。センターに出入りするたびにみぞおちが痛くなる。お前はここにいるすべての犬猫を見殺しにしているのだと、自分が自分を責めるからだ。

事務所に戻ると、七重はすでに帰宅し、野呂が帰り支度をしているところだ。

「どうでしたか、野口美里さんの依頼は」

野呂は百瀬に冷たいお茶を差し出した。百瀬はいっきにそれを飲んだ。

「お隣の猫が行方不明になったので取り戻して欲しいということでした」

「またまた、あの人はまったくもってとんちんかんですなあ」

野呂はまいったというふうに、肩をすくめた。

百瀬はくすっと笑う。美里が銀行や警察をとんちんかんと言ったことを思い出したのだ。

野呂は言う。

「彼女の依頼には訴訟の訴の字もありません。うちは弁護士事務所です。そういうのは猫探偵に依頼すべきでしょう？　迷い猫を探す猫専門の探偵、今東京にはごろごろいますよ。ぴんきりだそうで、優秀なところは捕獲《ほかく》率七十五パーセントだそうです。そのかわり日当が高いらしいです。成功報酬ではなく、見つからなくても料金が発生する仕組みだそうで、悪質なところは一週間分の料金をとって、半日ちょろっと探すくらいだとか」

「探偵に依頼してきました」

「え？」

「この件は探偵とともに解決しようと思います」

「いよいよ業務提携ですか！」

百瀬はグラスを持ったまま、事務所内を見回した。

「十三四、みな元気です」と野呂は言う。

表の通りは車が多く、猫が飛び出すと危険だ。

百瀬は飲み終わったグラスを流しに戻そうとして、気付いた。

「ずいぶんきれいに分別してありますね、ゴミがみごとだ」

「ああ、それはらくがき小僧のお手柄です」

「あの子が来たんですか？」

「名前は石森完太。小学五年生。七重さんが現行犯逮捕して、罰としてゴミの分別を命じたんです。子どものくせにずいぶん手慣れていましたよ」

百瀬は紙資源のひもの結び目をみて、「ほんとですね」と感心した。

「彼、先生に会いたかったんじゃないかなぁ」

「そうですか」

「毎日学校帰りに寄ることになったから、気にかけてやってください」

「はい」

# 第三章　おとうと次郎

今年の七夕は日曜日。

普段より遅い朝、大福家の食卓には、直径二十センチのちいさなショートケーキが用意されている。チョコレートシロップで『あこちゃんおたんじょうびおめでとう』と書いてある。その周囲にみずみずしい苺がところせましと並んでいる。

「朝から生クリームなんか食えるか。胸やけする」

文句を言いながらも、家長《かちょう》の徹二はにこにこ顔だ。娘の誕生日。うれしくない親はない。

徹二は今春定年を迎え、区立小学校の校長の職を辞した。都の教育委員会からの誘いがあったが迷わず断り、今は嘱託《しょくたく》として近所の小学校で臨時教師をしている。

徹二は出世が早く、若いうちに教頭、さらには校長となったので、子どもたちと接する現場を早々に離れてしまった。今は産休や病欠の教師の代わりに子ども達と直接触れ合える。遠足にも参加でき、楽しくてたまらない。「これぞ天職」とおおいに生き甲斐を感じている。

「亜子が二十九歳だなんてね。実感がわかないわ」

妻の敏恵《としえ》は専業主婦、徹二とは見合い結婚だ。

見合いの席で、徹二の第一声は「給料は安いです」だった。当時、男は見栄を張るものと思い込んでいた敏恵には、ひどく新鮮に聞こえた。

プロポーズの言葉は「子どもができたら家にいるおかあさんになってください」で、ロマンチックとはほど遠い。しかし浮気ができる器じゃないと妙に安心し、結婚を決めた。

意固地で古くさい男だが、読み通り、浮気はしないし、ギャンブルもしない。娘への愛情は半端ではないし、この結婚はまあまあ、間違いではなかったと思う。

そりゃあ、働く女性はまぶしく感じるし、うらやましい。しかし、敏恵は家にいることが苦痛ではなかった。料理が好きで、今日のケーキももちろん手作りだ。

徹二には内緒だが、娘の亜子は本日婚約者と約束があるという。おそらく帰りは遅くなるだろう。結婚前の一番楽しい時期だもの、ふたりで良い時間を過ごして欲しいと敏恵は願う。夜は家でお祝いできそうにないので、今朝は五時起きして、ささやかながらケーキを焼いた。母親にとって娘の誕生日は出産記念日。だいじな日だ。

亜子は親の思いなどどこふく風、焼き鮭と白いご飯を交互にぱくぱく食べる。

二時に喫茶エデンで待ってます、という百瀬の電話に、「喫茶エデン？　いつもの場所だ」と不審に思ったが、まずはそこで待ち合わせをするのだろう。

だいじな話はどこで聞くことになるのだろう？　レストランかしら。

婚約期間の最後のバースデー、一生の記念になるはずだ。次は夫婦で祝うバースデーになるのだから。

だいじな話というのは、おそらく式の日取りだろう。それと入籍のタイミング。ひょっとして今からってことになるかも。ついでに新居を選びに行くことになるかも。

婚約してから一年も経ってしまったのに、まだ何も決まってない。今さらながらあせってしまう。百瀬は四十歳。今日結婚したって遅いくらいだ。

亜子は、結婚したらすぐにでも子どもが欲しい。自分はひとりっ子だったから、三人くらいほしい。

それにはまず、結婚だ。結婚！

エンゲージリングの代わりにエンゲージシューズをくれる百瀬のことだから、バーステープレゼントも普通じゃないだろう。それがたとえ靴クリームであったとしても、喜びの笑顔を見せ「これ欲しかったんですよ」と言える自信が亜子にはあった。

メインテーマは結婚なのだから。結婚！

食事を終え、ケーキを食べると、二階の自室で買ったばかりのワンピースに着替える。ライトグレーで、ベルトは深い赤。念のため下着も新品だ。念のため印鑑をバッグに入れる。そしてもちろん、仕上げは赤い靴。

準備万端で「行ってきます」と母に言う。

敏恵は娘の背中を見送りながら、今日一日の娘の幸せを願う。

夫は庭仕事、娘はデート、敏恵はダイニングテーブルでお気に入りのほうじ茶を自分のためだけにいれながら、亜子の結婚相手について考える。

百瀬太郎、東大法学部卒、弁護士。身なりに無頓着《むとんちゃく》な四十歳だ。娘のお相手として、いかがなものだろう？

東大卒であることも、弁護士であることも、決め手にはならない。しかし、両親がいないことも、ぱっとしない見た目も、マイナスとは思えない。誠実であることは美徳だし、その点は全く問題なさそうだ。

しかし母として、なによりも強く婿《むこ》に望むことは、娘を深く愛していること。この一点である。

多少社会規範からはずれていようが、収入が低かろうが、娘を唯一無二の存在として愛し、がむしゃらに外敵から守ってくれる。これこそが、婿に望む第一条件である。

たとえ鼻にピアスをし、手首にタトゥーを入れていても、「俺、死んでも亜子さんを守るっす!」的なことを叫べば、卒倒《そっとう》する徹二の横で、かけおちの準備を手伝ってもいい。

亜子への愛。

その肝心なものが百瀬太郎には足らない気がして、敏恵は心配だ。

亜子は徹二のいないところで百瀬の話をよく聞かせてくれるが、どうも亜子の一方的な思いに感じる。百瀬は亜子の思いに誠実に対応しているだけで、紳士には違いないが、なにもそこまでの域であり、あふれるような強い熱情が感じられない。

自分の若い頃と違い、今の時代、男女は誠実だけではやっていけないと敏恵は思う。

ましてや片思いなど、もってのほかだ。

敏恵は壁にかかっている七五三祝いの写真を見つめる。赤い着物を着て、きゅうくつさに半べそをかいている亜子。愛しいわが娘。わたしたち夫婦の愛情をめいっぱい注いだ娘を、誠実だけの人間には譲れない。

娘を応援したい気持ちと、かすかな不安。ふたつの思いが行ったり来たりする中で、敏恵は香りのよいお茶を飲み、心を落ち着かせる。

とにかく今夜、娘が笑顔で帰ってくるのを待とう。

喫茶エデンでウエイターの梶佑介《かじゆうすけ》はさきほどからそわそわと落ち着かない。

オフィス街の喫茶店は日曜は客が少ない。今いるのは女性客ひとり。常連だ。

いつもよりやや上質な素材のワンピースを着て、赤い靴を履いている。注文をとる時に気付いたが、左手の薬指に真珠の指輪をはめている。さきほどから何度もコンパクトミラーを覗き込んではしまっている。

妙にはりきっている。

彼女にとって今日はおそらく勝負の日なのだろう。

彼女が入店したのは二時ちょうど。現在二時十分。おそらく待ち合わせは二時で、相手が遅刻をしているのだ。

梶は「はやくこい」と願う。

おそらく相手はいつものださい中年男だ。髪はくるくるでぼさぼさ、服も安いスーツだし、支度に時間がかかるとは思えない。

再度願う。「はやくこい」

一年ほど前からたびたびふたりはこの店で時間を過ごすようになった。はじめは「なんでこんなかわいい人が、あんなむさくるしいおっさんと」といらついた。男の嫉妬もあって、「時間の問題だな」と冷めた目で見ていたが、このところ梶の心に「うまくいってほしい」というあたたかな気持ちが芽生《めば》えた。

なんで芽生えたか。第一には慣れだと思う。見慣れた風景が壊れて欲しくないという単純明快な理由だ。

第二には、成功のサンプルとしての存在価値。つまり、「どんなやつにもふいに女神が訪れる」という男の夢だ。ぜひ結実し、夫婦となってここを利用し続けて欲しい。

まだ二十代後半、彼女いない歴一週間の梶にも「生きてさえいれば、そのうちいいことがある」と希望を持たせて欲しい。

ドアが開く音がして、入ってきた。

くるくる頭だ。いつものスーツではなく、紺色のチェックのシャツ、紺色のチノパンツ、なぜだか下駄《げた》！　下駄を履いている。

「すみません、遅くなって」

男は何度も頭を下げながら女性の前の席に座った。

あろうことか、髪に草が数本付いている。女性は驚いたような顔で、男を上から下まで眺め、下駄に気付いてなんとも言えない顔をした。

梶は「終わったな」と思った。

見慣れた風景も今日までだし、サンプルも砕け散った。女神の堪忍袋《かんにんぶくろ》もおそらくこれまでだ。


亜子は百瀬の私服を見るのは初めてで、どきっとした。

チェックの長袖シャツの袖を折って、腕まくりしている。前腕がむきだしになっており、華奢な体のわりにはたくましく、太い筋が力の強さを感じさせる。濃紺のチノパンツには草が付いており、よく見ると頭にも数本からまっている。

そして、下駄だ。これで今日のディナーは「イタリアンもフレンチも消えた」と悟った。しかしまだ寿司という選択肢が残っている。

ウエイターが注文をとりにきた。

百瀬は「アイスコーヒー」と言い、亜子の飲みかけのアイスミルクティーを見て「ショートケーキ召し上がりませんか？」と言った。

亜子は「いいえ」と断った。ここでケーキを食べたら、バースデーディナーが台無しになってしまうではないか。

百瀬は頭を下げた。

「自分から呼び出しておいて、遅刻してしまってすみません」

「なにかあったんですか」

「探し物をしていて、急を要するものですから」

「いったい何を？　頭に草が付いてますよ」

「河川敷を走り回っていて、途中で川に片足突っ込んでしまい、スニーカーがずぶぬれに」

「それで下駄ですか」

「はい。履き替えていたら遅刻してしまって」

亜子は納得した。鏡を見る間も惜しんで走ってきたのだろう。

百瀬が息を整えている間に、アイスコーヒーがやってきた。走り回ってのどがかわいたのだろう、おいしそうにコーヒーを飲む百瀬に、亜子はさりげなく言った。

「いつもこの喫茶店ですね」

「ええ」

「百瀬さん、この喫茶店がお気に入りですね」

「ええ、注文通りの品がちゃんとくる。誠実なお店です」

亜子は百瀬の言わんとすることが理解できない。

ウエイターの梶もこの答えに承服《しょうふく》しかねていた。注文通りのものを出すのは当然のことだ。もっと味とか、雰囲気とか、この店オリジナルの個性を誉めてほしいと梶はむかつく。

亜子も梶も知るよしもないが、百瀬は注文通りの品が来ない宿命を背負っている。ラーメン屋で塩ラーメンを注文するとみそラーメンがやってくる。蕎麦屋《そば》でそばを頼んでうどんがきたこともある。注文通り来ない率三十パーセント。

おそらく相手は百瀬を見て気を抜くのだ。わからないでもないと百瀬は納得する。悪意はないだろうし、気を抜いて少しでも楽になれるならと、百瀬は文句を言わずに蕎麦屋でうどんを摂取する。

そんな男の気持ちは、本人にしかわからない。

「探し物は見つかったんですか」

「いいえ、まだです。このあと探します」

「このあと?」

「はい」

亜子の心はざわついた。

「あの、百瀬さん、今日が何の日か知ってますか」

「ええ、七夕ですよね」

「七夕……」

「子どもじみているようですが、わたしは今でも毎年必ず短冊に願い事を書いて、部屋の壁にかけておくんです」

亜子は想像した。あの部屋に短冊が一枚。きっと『おかあさんと会えますように』だろう。

「あの、百瀬さん、ノートですが」

「ノート?」

「以前、よくここにノートを持ってきてましたよね」

「はい。大福さんとお会いするときは、事前になすべきことを書き出し、取捨選択及び整理をし、まとめておくのです。受験勉強と同じです。パソコンキーを打つより、紙の方が自由に発想できる上、頭に入りやすいんです」

「ひょっとしたら、わたし専用のノートがあるんですか」

「あります。ぎっしり書き込んでますよ。まだ一冊目ですが、もうじき二冊目に突入です」

亜子は気を取り直し、冗談を言う気にもなった。

「テヌー専用のノートは」

「ありません」

「うれしい。わたし、テヌーに勝ってます？」

「あたりまえです。大勝ちです」

「ノートって見ながら行動するんですか」

「いいえ、書いたものを見返すことはありません。書けば記憶に刷り込まれるので、読み返す必要はないんです」

「そうなんですか」

亜子はがっかりした。

てっきり誕生日と知っていて連絡をくれたのだと思った。

しかしそれは自分の思い込みであって、百瀬は悪くない。もっと素直に自分から今日は誕生日だと伝えておけばよかった。

母が作った苺のショートケーキが目に浮かぶ。

父はなんだかんだ言ってぺろりと食べ、自分は半分残した。デートでうきうきし、ケーキどころではなかった。

誕生日をあたたかく祝ってくれる家族がいるのに、今こうして下駄を履いた婚約者と向き合っている。

亜子の複雑な胸中を知らず、百瀬は話し続ける。

「書くだけで頭に入るので、チラシの裏とか、古い書類の裏で間に合います。学生時代はそうやって勉強しました。大福さんのことは、つつしんで、まっさらなノートに書かせてもらってます。女性とのおつきあいは初めてなので、失礼があってはいけないと思い、念のためいつも携帯します。たしかここでの初めてのデートの時は、ノートを開いてお話しさせていただきました。通常、依頼人と話す時は資料を開くので、同じ態勢を整えるとじょうずに話せるかと思い、一応開いてみたのです。すると話し方まで依頼人に対峙する時のように硬くなってしまい、大福さんに注意されてしまいましたよね」

亜子は思い出した。提案がどうの、ご意向がどうのと言っていた。しかし今も話し方はそう変わっていないように思える。

「今日は靴が濡れるという不測の事態があり、ノートは置いてきてしまいました」

ウエイターが近づいてきて、いたわるような目で、亜子にささやいた。

「アイスミルクティーのおかわりはいかがですか？」

亜子は驚いた。

「ミルクティーっておかわりできるんですか？」

「日曜日は特別に二杯目をサービスしております」

「じゃあ、おねがいします」

亜子の顔にかすかながら笑みが戻った。

ウエイターが空のグラスを持って去ろうとすると、百瀬が自分のグラスを差し出した。

「アイスコーヒーもお願いします」

ウエイターは百瀬をぎらっと見据《みす》えて言った。

「アイスコーヒーは有料になりますが、いかがなさいますか」

ミルクティーだけサービス？

百瀬は不思議な価格設定だと思ったが、じゃあ水でというと亜子が気にすると思い、「コーヒーもお願いします」とグラスを渡した。

おかわりがくるまで、静かな時間が流れた。ふたりともそれぞれに次の展開の心の準備をしていた。

亜子は考えた。

ディナーは消えたけど、まだ望みはある。「だいじな話がある」と百瀬は言った。だいじな話だからこそ、探し物で草まみれになりながらも、キャンセルせずにやってきたのだ。

先日は秋田旅行をドタキャンし、亜子だけで行かせるという奇行《きこう》に走った。あの反省が活かされているし、自分だってあの時、ひとりで秋田行きを乗り越えた。お互いに前より成長し、前進しているはず。話の内容をつつしんで聞こう。

おかわりが来て、百瀬は小さく咳払いをし、背筋を伸ばした。

「本日はだいじなお話があって、お時間いただきました」

いよいよだ。

亜子の頭の中をいろんなピースが駆け巡る。

式の日取り、入籍、新居、式場、仲人、スピーチ、席順、新婚旅行、招待客リスト、招待状、衣装、えとせとら、えとせとら。

「わたし……」

百瀬は口ごもった。こめかみを汗がつたう。

「わたしと」

そこまで言うと、百瀬はおしぼりで汗をぬぐった。それから「あ、すみません」とあわてておしぼりをテーブルに戻した。

ナイス結婚相談所ではすべての男性に「レストランや喫茶店のおしぼりで顔をふかないこと」とアドバイスしている。なぜふいてはいけないか、男性には理解できないが、女性に行うアンケートでは毎年「悪印象のふるまいナンバー1」なのだ。

「かまいませんよ」と亜子はやさしく言った。

「あれはマニュアルですから。百瀬さんは百瀬さんでいいんです」

しかしすでに百瀬はパニック状態。亜子の言葉が耳に入らない。

こんなだいじな時にとんだ失敗をした！

やはりノートは見返すべきだ！

『デート中はおしぼりで顔をふかないこと』と書いた記憶がある。

百瀬はうつむいた。万事休すの時は上を向くべきだが、今はその元気もでない。

一方、亜子は考えた。

式や籍の話ではないのではないか。ここまで言いにくいのだから、形式的な話ではなく、つまりその、もっと具体的なこと、たとえば今夜アパートに来てくれませんかとか、そろそろ一緒に暮らしませんかとか、そういうことではないか。

百瀬のことだから、自然な流れの中で実行できず、こうしてあらたまって相手に伝え、事前に承諾《しょうだく》を得てからと考えるのもわかる。なにせバッグを持つのさえ「嫌そうだったら無理強いしない」とノートに書くくらいだから、なにごとにも女性の同意を求める慎重なタイプなのだろう。

こんなとき、赤坂だったら。ほどよいタイミングで手を握り、「うちにいいワインあるんだけど」なんてしれっと言うのだろう。しかし百瀬をパートナーに選んだのは自分だ。彼の不器用さもつつしんで引き受けよう。

「百瀬さん、顔を上げてください」

「はい」

「このあと探し物があるのでしょう？　お急ぎでしょうから、そろそろ言ってください」

「あ、そうでした。探し物があるんです」

百瀬の髪から草が落ち、アイスコーヒーの表面に浮かんだ。

百瀬はそれを見て、さらにあせった。

今すぐにでも走って行きたい場所がある。が、目の前の問題も重要だ。

百瀬は気付いた。自分には大切なものが多すぎると。選ぶのが苦手で優先順位はつけられないが、それでも今これから口にすることは、百瀬の人生を左右する最も重要なことだというのは明白だ。

言え。言うんだ。ひといきに言ってしまおう。

シルビーヌ・アイザッハ・シュシュちゃんがノーミスで言えたんだから、これだって言えるに決まってる。

百瀬は目をつぶって言った。

「わたしと結婚してください」

ノーミスで言えた。

しばらく奇妙な沈黙があった。百瀬がおそるおそる目を開けると、亜子は驚いたような目でこちらを見ている。

百瀬は急に恐ろしくなった。

ああ、間違えた。やはりかなわぬ夢だったのだ。

もともと自分には不相応な相手だと感じてはいたんだ。楽しかった婚約期間。自分が自分でないような、夢のように心地よい一年だった。この幸福をこわしたくなくてそっとしておいたが、テヌーの肉球が教えてくれた「大いなる欠け」に、ついワンランク上の夢を見てしまった。

見ると、亜子のまつ毛が震えている。

もうだめだ。壊れるくらいなら、形骸で良かった。大福亜子の婚約者として命を全うするので充分だった。

「百瀬さん、つかぬことをお聞きしますが」

それは結婚相談所の七番室、百瀬担当相談員・大福亜子そのものの、ドスの利いたケンのある言い方だ。百瀬は崖《がけ》っぷちにいながらも、少しなつかしい感じがした。

「おっしゃった意味がわかりません」と亜子は言った。

「あの……いいえ、取り消します」

「取り消す？」

亜子のこめかみに青い筋が入るのを百瀬は見た。

同時に、自分がゆっくりと崖下《がけした》に落ちてゆくのを感じた。

こちらは恐怖で悲鳴すら出せないのに、崖の上から亜子が叫んでいる。

「ますますわかりません！」

「聞かなかったことにしてください」

「往生際《おうじょうぎわ》が悪いです。言ってしまったことは消しゴムで消せません」

「はい」

「なんて言いました？」

百瀬は瀕死《ひんし》の蚊が遺言《ゆいごん》をささやくような声で答えた。

「取り消すと」

「その前です！」

「結婚してくださいと」

亜子は腕を組み、頭を五度傾け、なにか考えているようだったが、若干言葉をやわらげて、ゆっくりとこう尋ねた。

「それってつまり、式場を決めるってことですか？」

「シキジョー？」

百瀬はとっさに漢字変換できず、意味がつかめなかった。

「それとも入籍の件ですか？」

「入籍？」

今度は変換できた。

「入籍の日取りはどうしますか？　お考えはありますか？」

「籍はその……」

「籍は入れたくない？」

「いいえ、しかしいろいろと問題があり」

「どういうことですか？」

百瀬は口ごもった。亜子は追いつめるように低い声で言う。

「まさか配偶者《はいぐうしゃ》がいらっしゃるとか？」

「とんでもない。純粋なひとりものです。なんなら戸籍抄本《しょうほん》をお見せします」

亜子はいらついたように言った。

「式場は現在何ヵ月も前から予約しないと希望の日がとれないんです。どこか心づもりはあるんですか？」

百瀬はきょとんとして言った。

「式を挙げますか？」

今度は亜子が黙ってしまった。

それからしばらく気まずい沈黙が続いた。

これらすべてを梶佑介はカウンターの奥で聞いていた。

長い交際の末、男がとうとうプロポーズしたようだが、様子が変だ。なぜか女はおかんむり。しかし、断っているふうではない。

まさかこのふたり、不倫関係？　男に妻子がいるとか？

それにしても「往生際」とは言い過ぎではないか？

さきほどまで女に同情していたが、今は七三の割合で男寄りの気持ちだ。やっとの告白に往生際って言葉はキツすぎる。

いやまてよ。女が式場だの籍だのまくしたてているところを見ると、ひょっとしたらすでに婚約済みなのか？　婚約してるとしたら、いまさら男がプロポーズするのも妙だ。

おかしなことがあるものだ。

しかしふたりに尋ねても無駄だろう。もし今「いったいあなたがたの進捗状態はどうなってるんですか」と尋ねたら、「こっちが聞きたいくらいです」と言い返されそうだ。

ふたりともわけがわからないという顔でかたまっている。

女はふいに立ち上がって言った。

「探し物、見つかるといいですね」

責めるでもない、激励《げきれい》するでもない、抑揚《よくよう》のない棒読み台詞だ。なんの感情も入っておらず、アイウエオと言ったようなものであった。

そして、カッカッカッと靴音をたてて出て行った。

ドアチャイムが悲しげにちりりりんと響いた。

梶は自分がふられたような胸の痛みを感じた。

おそるおそる男の様子を窺う。

背中を猫のように丸め、あきらかに落ち込んでいる。髪にはまだ草が付いている。あわれだ。ここまで落ち込んでいると、どうにかしてなぐさめたいと思う。

梶はアイスコーヒーを男の目の前に置く。男は丸めがねの奥からあれっという目をしてこちらを見た。梶は言った。

「アイスコーヒーは三杯目からサービスとなります」

丸めがねは不思議そうな顔をしていたが、「ありがとうございます」と言うや否《いな》や、グラスを握りしめ、ひといきに飲んだ。

それからしばらくのあいだ、丸めがねは彼女が飲み残したミルクティーを眺めていた。ストローには薄いピンクのグロスが付いている。

やがて丸めがねは金を払い、下駄をカタンコトン鳴らしながら出て行った。

梶はここまでポーカーフェイスを死守した。

ドアのちりりりんが鳴ったあと、決壊《けっかい》した。くすくすくすくす、笑いが止まらない。

あのふたりは今後どうなって行くのだろう？　興味深い。

続きもののドラマを見ているようで、興味深い。韓国ドラマだと、このあと交通事故やら記憶喪失やらライバル出現やらがあって、女は別のプリンスと結婚し、傷心の男にはふいに真のヒロインが現れ、救いの手をさしのべる。そして予想外の幕引きとあいなる。

新たなプリンスに真のヒロイン。うーむ、愉快《ゆかい》。

愉快、愉快。

けど、ちょっとさびしいかも。

ここはベタでいいから、ふたりのハッピーエンドが見たいと梶は思う。そんなハリウッド的お約束ラストに向かうには、男のほうに飛躍的成長が必要だ。

敗因は、おそらくあれだ。

梶は言いたい。下駄でプロポーズはやめたまえ。

ホテルのようなスタイリッシュな受付の奥に、薄いピンク色の壁紙のカウンセリングルームがあり、そこで若い獣医はパソコン操作をしながら言った。

「野口美里さんね、そうそう、いらっしゃいましたよ」

ここは恵比寿にあるスーペリオールアニマルホスピタル。

外観は、街並に馴染んだシックな豪邸である。皇室や芸能人御用達の動物病院で、看板は出ておらず、会員しか対応しない。出張診療が多いのはまこと動物病院と同じだが、セレブ相手で、料金も破格だ。独自の保険制度も整っている。

百瀬が情報提供をお願いしたところ、野口美里の口ききがあったので、すぐに対応してくれた。

電子カルテが見つかったようで、「生後約半年の三毛猫です」とものごしのやわらかな獣医は言った。

「成育不良ではありません。ある程度めぐまれた環境で育ち、おそらく二日ないし三日、食事をとっていなくて、脱水症状が見られました。栄養剤で元気になりましたよ。ノミは少しいましたが、フロントラインで駆除しました。皮膚《ひふ》病もありません」

「寄生虫は？」

「検便の結果、いませんでした。二度三度やらないと正確にはわかりませんけどね。血液検査をしましたが感染症もありません。まるきり野育ちではなかったのでしょう。怪我だと経過観察のために写真を撮るのですが、残念ながら、柄や顔つきの特徴など正確には覚えていません」

「そうですか」

「印象的でしたけどね。うちで三毛猫を診るのは珍しいことでして、スタッフ全員なんかこう、華やいでいましたよ」

　獣医は微笑んだ。

「ここにくる患者はほとんどが純血種、しかもチャンピオン級の犬や猫ですからね。三毛猫は希少な雄なら診たことありますよ。飼っているのは大学教授でした。エリザベスちゃんはごくふつうの三毛猫の雌です。それをあの野口さんが持ち込んだので、で二重に驚きました。お子さんではないそうですが、一緒にいた女の子と親子のようでした。あの猫がいなくなるとは、お気の毒です」

「いなくなった場所から半径一キロメートル以内は探しましたが、見つかりません。

近所の人にも聞いて回っているのですが、目撃情報もありません。許してくださるお宅には、その猫が使っていた猫砂をお庭に置かせてもらったりしているのですが」

「あなたの選択した捜索方法は最善策です」

そう断った上で、獣医は「捕獲は難しいでしょう」と気の毒そうに言った。

「目撃情報も得にくいです。アメリカンショートヘアならまだしも、三毛猫は道を歩いていても、みな気に留めませんからね。せめて写真がないと」

「そうですか」

獣医はなつかしむように言った。

「三毛猫を飼っていたんですよ」

「先生が？」

「ええ、子どもの頃、田舎でね。ミケという名で。いやもう、そのまんまですね。今の東京みたいに室内飼いなんてせず、昼間は自由にあちこちで走り回って、夜はうちでご飯を食べて寝る。そういう飼い方でしたけどね。ある日、友人のうちでゲームをして遊んでいたら、ひょいっと窓からミケが入ってきまして。友人は言うのです、うちのコモモだと。夜はどこかへ消えるけど、昼間はいるんだそうです。夜は街じゅうの猫が集会を開いてるんだと友人はわかったようなことを言ってました。ミケはそいつの前でむしゃむしゃうまそうにさんまの頭を食ってましたよ。うちのより上等なご飯です。ぼくが近づくと、ミケは目をそらすんですよ。猫なりに浮気がバレてやばいと思ったんでしょうね。まあ、友人には黙っておきましたけど」

百瀬は思った。セレブ限定の特殊な病院で働いているけれど、獣医を目指そうとしたきっかけは、ちゃっかりもののミケだったのではないか。

一方、百瀬法律事務所のかかりつけ獣医のまことは、医者の一族に育ち、親が飼っていたのは観賞用のカメレオンで、犬や猫に初めてさわったのは大学の獣医学部だったという。

百瀬自身は、二十七歳の時に依頼を受けた世田谷《せたがや》猫屋敷事件。それをきっかけに猫と縁ができ、猫弁などと呼ばれるようになってしまった。

獣医は言った。

「さきほども言いましたが、うちの病院で診るのはキャットショーやドッグショー常連の犬や猫が多いのです。そこには深刻な問題がありまして。ブリーダーが優勝狙いで無理な交配をすると、遺伝子的な問題が発生し、見た目は美しくても、生命体としては弱くなるのです。イギリスではドッグショーも産業のひとつですから、社会問題になっています。犬種の特徴を強調したデザインを目指して品種改良し続けるため、満足に呼吸もできない犬が、どんどん生まれているのです。人間の欲望の犠牲です。チャンピオン犬は即、病院送りになって、獣医たちは気道を作る形成手術にあけくれていますよ」

そこまで話すと、獣医は頭を左右に振った。

百瀬は思った。ここにも救えない命に胸を痛めている人間がいると。

獣医は笑顔を作った。

「三毛猫は自然界のたまもの、希望の星です。存在自体が幸せの証しなんです。純血種よりも生命力が強いですし、順応性が高いので、きっとどこかで元気にやってますよ。もし見つからなくても、気を落とさないよう、女の子に伝えてください」

病院を出ると、携帯電話に着信履歴がたくさん残っていた。すべて野呂からで、メールも届いている。

『お客さまがいらしてます。なるべく早く戻ってください』

不思議だ。今日は依頼人が訪ねて来る予定はない。飛び込みの相談の場合は、いつも依頼内容を野呂が聞き、あとで報告してくれる。

お客さまって、誰だろう？

タクシーが目の前を通ったが、もったいないという気持ちが働き、電車を乗り継いで事務所へ向かった。

あと少しのところで、黄色いドアの前に七重が立っているのが見えた。誰かを待っているようだ。

百瀬は幼少期を思い出した。

友だちと遊んでいて、いつのまにか暗くなってしまい、あせって帰ろうとすると、友だちの家の前に、ああやって母親が立っていた。「どこ行ってたの！」と頭をこづかれている友だちがうらやましかったものだ。

七重は百瀬を見つけると、はやくはやくと手を振っている。走って行くと、七重は目を真っ赤にして、言った。

「どこへ行ってたんですか！」

百瀬はうれしくてこづかれるのを期待した。

「弟さんが待ってますよ」

「え？」

百瀬の思考はぴたっと止まった。

七重は百瀬の腕をつかんで揺すった。

「先生の弟さんですって！」

黄色いドアを開けると、野呂が立ち上がり、応接室ですと目で合図した。野呂の表情は硬い。猫たちも人間の緊張がうつるのか、鳴くものはいない。

百瀬は無言のまま歩き、応接室の前で立ち止まると、息を整えた。

頭の中は真っ白だ。

背中に野呂と七重、猫たちの視線を感じる。

ノックをし、ドアを開けると、赤毛の青年がこちらを見た。

赤毛は茶トラを抱いている。この猫は人見知りが激しい上、ほかの猫たちとの集団生活に馴染めず、ずっと応接室にこもりきりで、名前はゴッホ。人に抱かれている姿を初めて見た。どうやって手なずけたのだろう？

赤毛は立ち上がると、「はじめまして、百瀬次郎《じろう》です」と言って、にっこりと笑った。

英語訛《なま》りの日本語だ。ゴッホは赤毛の肩を踏み台にして本棚の上に登った。

百瀬が何も言えないでいると、赤毛は近づいて来て、両手で百瀬の手を握った。

「兄さん、会いたかった」

人間の手ってあたたかいんだと百瀬は思った。猫の肉球はひんやりとしているのに。

赤毛は人形のようにかわいらしい顔をしている。

二十代後半だろうか、くせ毛を上手にカットしており、清潔感がある。体にぴったりとした紺色のスーツを着て、身長は百瀬と同じくらい。同じく細身。グリーンアイを赤いまつ毛が囲んでいる。鼻から頬にかけてそばかすが目立つ。

百瀬は「どうぞおすわりください」と言って、さりげなく手を離した。赤毛はくりっとした目で「はい」と素直に座った。

百瀬はしばらく突っ立っていたが、やがて座ることを思いつき、正面に座った。

「びっくりさせてごめんね、兄さん」と赤毛は言った。

「そう言えば、ママが言ってた。兄さんはぼくの存在を知らないはずだって」

ノックの音がして、七重がお茶を運んで来た。赤毛は紳士らしく立ち上がって「ありがとうございます」と言った。

七重は湯呑みを置くと、ふたりを感慨深げに見比べた。

「まあまあ、こうしてみると、そっくりじゃありませんか。髪がくるくるで、目は……ふたぁつありますしね、耳もまあよくしたもので、ふたつじゃないですか！　さすがは兄弟ですね。そうだ、先生。お鮨《すし》でもとりましょうか。もう店じまいにして」

「うちはお店ではありません」

言ってから気付いた。店じまいでいいじゃないか。いつもの言い間違いと違い、適切な表現だ。なぜ注意したのだろう？

七重は気にしない。

「ねえ、ほら、お鮨とビールでね。再会の乾杯をしましょうよ」

「再会ではありません。初対面です」

またやってしまった。どうでもいいではないか。再会でも初対面でも。百瀬は緊張のため、自分がおかしくなっていることに気付いた。

七重は「固いこと言いっこなしですよ。わたしはもう、何て言うか」と涙ぐみ、ハンカチで目を押さえた。

「弟さんがいたなんて。百瀬先生に家族がいたなんてねぇ。あなた、お家はどこですか？　おかあさんはお元気ですか？　おかあさんは一緒じゃないんですか？　おかあさんは今どちらに？　おかあさんは」

野呂がうしろからぬっと現れ、七重の腕をつかみ、「ごゆっくり」と言って、七重を引っ張り出し、応接室のドアを静かに閉めた。

百瀬の思考は固まったままだ。

赤毛はふうふうしながらお茶を飲み、「やはり日本茶は日本で飲むとうまいね」と言った。見た目はまるきり西洋人だが、日本人とのハーフということになる。

百瀬は「母は」と言いかけて、やめた。弟に「母」と言うのはいかにもおかしい。七歳まで「ママ」と呼んでいたけど、今はそう呼ぶのは抵抗があるし、「おかあさん」と呼んだことはない。「かあさん」「おふくろ」どれも実感がない。

あれだけ思い続けた母をどう呼んだらいいかわからないことに、百瀬は静かなショックを受けていた。

赤毛は屈託《くったく》がない。

「ママから電話来た？」

百瀬が首を横に振ると、赤毛は「ぼくのところにも全然だ」と言った。

「あのひと、すぐ消えちゃうんだから。せめて兄弟で連絡取り合わないとね」

「君は……」

「なに？　兄さん」

「君はどこで生まれたの？」

「ぼくは北海道で生まれた」

「北海道？」

「ママはしばらく日本にいたんだよ。だって日本人だからね。道内を転々としたらしいよ。小樽《おたる》、旭川《あさひかわ》、帯広《おびひろ》、室蘭《むろらん》、札幌《さっぽろ》。ぼくを生んですぐにアメリカに渡ったから、ぼくの記憶はアメリカからしかないんだけどね」

「本当に北海道で生まれたの？」

「そう聞いてる。ママの言うことはあてにならないけど、一応、ママだし、聞かされたことがすべてだから、信じておかないとね。兄さんは東京で生まれたんでしょ？」

「ああ。でも記憶はアメリカからしかない」

「同じだね。ママったら、同じことをくり返してるんだ」

「わたしのことはどうして？」

「ママはいつも兄さんの話をしていたよ。太郎って名前で、すごく頭が良い子だって。ぼくはママの期待に応えられるほどできがよくなくて、いつもがっかりさせてばっかりさ」

「アメリカのどこに？」

「いろいろ引っ越した。ママは大学を転々として、フロリダ、アトランタ、ボストン、いっときケンブリッジにも行ったし、最後はロスのＵＣＬＡ。そこでママはいなくなった」

「それ、いつ？」

「五年前」

百瀬は驚いた。

「五年前まで一緒にいたの？」

「最初に消えたのはぼくが十二歳の時で、三年して戻ってきて、次に消えたのが二十三の時で、それっきり」

「君、いまいくつ？」

「二十八」

百瀬は目の前のお茶を飲んだ。うまい。野呂がいれたのだ、きっと。

「兄さんとぼくの間にひとり、女の子がいるらしいよ」

「女の子？」

「兄さんの妹で、ぼくにとってはお姉さん」

「どこにいるの？」

「知らない」

「名前は？」

「兄さんは知ってるでしょ？」

「わたしは知らない」

「ママ、一回くらい連絡くれただろう？」

赤毛が当然だという風に言うから、百瀬は「うん」と言ってみた。

赤毛と五年前まで一緒に暮らしたなら、一度くらいこちらに電話があってもおかしくないし、バランスをとってみた。

赤毛は姉には興味がないらしく、話を変えた。

「ママはこんどいつ来るかな？　ねえ、兄さん、いつだと思う？」

「そうだね、そろそろ現れてもいい頃だね」

「そうだろう？　そろそろ、いいよね」

このあたりから、百瀬は思考が二分化した。

赤毛の話を聞きながらも、別のことを考えていたのだ。

たとえば消えたエリザベス。そして滝之上京子。あの子の父親には一度会ったほうがいい。

それから大福亜子。彼女はなぜ出て行ったのだろう？　結婚してくれと言ったら出て行った。それは結婚したくないということか？　わからない。式場とか言っていた。おそらく結婚式のことだろう。

そもそも結婚式って何だ？　自分には理解できない。なぜ結婚しますと大勢の前で宣言しなくてはいけないのか。そして、籍だ。籍についてはひっかかりがあるんだ。籍は……。

そこまで考えて、百瀬は気付いた。

自分は今赤毛の話をひとこともらさずに聞いている。それはたしかだ。ニューヨークに本社がある製薬会社に勤めていて、出張で日本に来たと言っている。新薬開発の話を延々としている。耳が聴き取ったことは、こうしてすべて脳に刻み込まれてゆく。しかし同時に、自分は別のことを考えている。大福亜子といたときもそうだ。思考の一部はエリザベスの足跡について模索していた。

人の話を聞いてはいるが、集中してはいない。

ひょっとしたら大福亜子が腹をたてた原因はそれかもしれない。

自分は異常なのだろうか？

目の前の相手と百パーセント向き合おうとせず、思考が散らかっている。

これって人間性が冷たいってことではないか？

かつての依頼人・透明人間こと沢村透明《さわむらすけあき》と交わした会話を思い出す。

「たとえば、おふくろさんが人を殺した。かくまってくれと言われたらどうするか」と聞かれ、「自首を勧める」と答えた。迷いは無かった。しかし沢村はこう言った。

「母親を拘置所に送るのか？　悲しい人だね」

この言葉に傷ついた。思い出すと今も胸が痛い。それって、自覚があるからだ。

自分はきっと悲しい人間なんだ。普通の人は、法を曲げても母親をかばうんだ。普通の人は、婚約者を前に三毛猫の行く末を案じたりしないし、普通の人は、初めて会った弟の前で、少女探偵の心を案じたりしない。

普通になりたい。

普通になろう。

百瀬は決意し、思考をひとつにした。

「次郎」

初めて百瀬は弟の名前を口にした。

「よかったら、うちに泊まらないか？　狭いし、まともな布団がないけど」

「うん」次郎は即答した。「そうさせて、兄さん」

百瀬は兄弟の会話に近づいたような気がした。

「おかあさんのこと、聞かせてくれないか」

百瀬は生まれて初めて、母を「おかあさん」と呼んでみた。なにかこう、変な感じだ。

母・百瀬翠《みどり》がかえって遠くなってしまったような気がした。


応接室を出た。

野呂と七重に事情を話し、本日は早退することにした。

事務所のドアを開けると、少年が立っていた。野呂が言っていた石森完太に違いない。本日は貼り紙を持ってない。

百瀬が声をかけようとすると、少年は目をそらし、中へ入った。

「彼のことは明日にしよう」と百瀬は思った。

野呂さんと七重さんがいるから大丈夫。エリザベスのことも少女探偵のことも明日にして、今は思考をひとつにし、弟と向き合おう。

百瀬は携帯の電源を切り、歩き始めた。

普通を志したとたん、体がぎくしゃくするような感じがした。


石森完太・十歳は、百瀬法律事務所の木製デスクに座り、社会科の教科書とノートを広げている。今日はゴミの分別はしなくてよくて、宿題をしろと七重に言われた。ボスの百瀬は早退したらしく、デスクを使ってよろしいと言われた。

宿題は、日本の国土について調べるというもので、自由課題だ。

国土は全長が約三千キロメートルだとか、北海道と沖縄の気温差だとか、人口比だとか、どれも「それを知って、だから何？」ってことだし、調べる気がしない。

完太はチラシの裏に絵を描きながら、考えた。自分が知りたいのは野良猫の全国分布図と地域による猫の寿命の差だ。そして何より知りたいのは猫弁こと百瀬太郎。彼のすべてが興味深い。

初めて猫弁の存在を知ったのは、三年前、小学二年生の時である。

夏休みのラジオ体操の時に、いばりんぼの友人が最新式の六段変速ギア付き自転車に乗って来た。「猫に買ってもらった」と言う。

詳しく自慢話を聞くと、飼っていたシャム猫にお菓子をあげたら太り過ぎたので、父親が獣医に頼んで脂肪吸引手術をしてもらったところ、十円ハゲが出来てしまった。医療ミスとして慰謝料《いしゃりょう》を病院に請求したら、勝訴して五十七万円をゲット。父親は飛び上がって喜び、母親は服を買い、父親はゴルフシューズを買い、自分は自転車を買ってもらったと言う。

完太が「じゃあ、シャム猫の十円ハゲを見せて」と言うと、ハゲたシャムは要らないから弁護士に引き取ってもらい、今はアメリカンショートヘアを飼っていると、いばりんぼは言った。

完太はいばりんぼがラジオ体操をしている間に、こっそりと拾った釘で自転車をパンクさせ、走って逃げた。痛快だった。

その後、ハゲたシャム猫の行く末が気になって調べたら、百瀬法律事務所にたどりついた。最初は黄色いドアにびっくりしたが、なにかあたたかいものを感じ、ドアのむこうを覗いてみたくてしかたなかった。入る勇気が出ず、いたずらをしては帰ってきた。

こうしてやっと中に入れたら、例のシャムはとっくにもらわれてしまって、見る事はできなかった。しかし、ほかにもたくさん猫がいて、ここに引き取られたそれぞれの事情を聞くと、学校の授業よりも勉強になる気がする。

完太にとり、百瀬はヒーローだ。チラシの裏に、百瀬の似顔絵が完成した。

百瀬のデスクに座っていると、百瀬太郎になったような気がして、かなりうれしい。

野呂はパソコンをさわっちゃいけないと言ったけど、ノートについては言及しなかったので、引き出しから取り出し、ぱらぱらとめくってみる。

完太はあれっと思う。

ノートには依頼人とおぼしき人間との待ち合わせ時間と場所が、それぞれ数パターン考えられており、さらに話す内容も吟味しているようだが、好きなたべものとか、好きな映画とか、世間話ばかりだ。

これってどういう依頼なのだろう？

秋田についての調査は半端ではなく、東京からの交通手段を数パターン、所要時間や電車の時刻表の写し、秋田の名産、見どころ、喫茶店などが列挙してある。さらに秋田の遺跡発掘調査の進展具合や、わき水の水質、地域産業、裁判所の数まで調べてある。

弁護士の仕事って、想像とずいぶん違うんだなと思いながら、使えそうなところをちゃっかりノートに写す。

自由課題の宿題は済んだ。『秋田の産業』というタイトルにした。それらしいイラストもささっと描いた。

野呂と七重はなにやらひそひそ話しており、次の指令は出そうにないので、猫と遊ぶことにした。消しゴムを投げると、牛柄の太った猫がくわえて持って来る。

それを何度かくり返していると「宿題は終わったんですか」と野呂が近づいて来た。

「自由課題のテーマは何にしたんですか」

雑学に強い野呂はさきほどから手伝いたくてしかたがないのだ。

「たとえば北海道と沖縄はたいへん離れていますが、同じ特徴を有していることをご存知ですか」

「知らない」

「スギ花粉症の人がいないんです」

「え、なんで？」

「杉が生育しないんです。北海道は寒すぎるし、沖縄は暑すぎて」

「へえ、そうなんだ。じゃあ地球温暖化が進むといいね」

「え？」

「花粉症の人が助かるでしょう？」

「すると熱中症はどうします？」

「終わった」

「え？」

「宿題は終わった。資源ゴミやりましょうか？」

せっかくの申し出だが、野呂は労働基準法における児童の扱いについてナーバスになっており、なるべく働かせたくない。

「石森くん、モーツァルトが待ってますよ。消しゴムを投げてあげてください」

完太は目の前にいる消しゴムをくわえた牛柄猫を見て「こいつの名前、モーツァルト？」と言いながら、消しゴムを受け取り、再び放った。

「もともとは豪邸で育ったお嬢様猫なんですよ」

野呂が言うと、七重が横から口を出す。

「お嬢様だからってしあわせとは限りません。ちいさな家で家族が肩を寄せ合うくらいがさみしくなくてちょうどいいってものですよ」

それから完太に向かって「あなたのうちは？　家族は？　毎日ここへ来てるって、

おかあさん知ってる？」と続けざまに質問した。

「おとうさんには言ったけど」

「なんておっしゃってる？」

「気にしてないみたい」

「おおらかでいいおとうさんね。兄弟は？」

「兄ちゃんは家にずっといる。アネキは出歩くのが好きで、いっとき行方不明だったけど、こないだ戻って来た。じいちゃんはマイペース」

「あらまあずいぶんとにぎやかね」

「ばばあは死んだ」

「え？」

「最後は水しか飲めなくなって、ぼく、一生懸命水をあげたけど、だんだん死んだ」

けろっと話す完太に、さすがの七重もかける言葉が見つからなかった。


京子は部屋でひとり、ノートとカレンダーを交互に見つめ、記憶に間違いがないかおさらいをしている。

六月二十七日
フナの解剖《かいぼう》の授業を抜け出し、川で雲をながめる。目が回る。
カラスの声を聞く。三毛猫がいる。救出する。
ランドセルに入れて、エレベーターで運ぶ。
おじいさんにエレベーターガールと呼ばれる。
高齢者は高い音が聞こえない。
三〇〇二号室の野口さんを呼ぶ。
野口さんの治療で三毛猫の目が治る。

ここまで書くのに、辞書を四回引いた。「解剖」と「救出」と「高齢」と「治療」だ。

作文と違ってこれは大人の仕事だから「かいぼう」と書いては格好がつかない。
十歳の少女が占有するには広すぎる十畳の洋間が京子の部屋だ。
清潔なベッド、がっちりとした学習机、良い子が読みそうな文学全集がぎしっと詰まった背の高い本棚。

京子ははさみを使えば、使った場所へ置きっぱなしだし、服の畳み方も知らないが、部屋はいつもすっきりと片付いている。

ヘルパーが毎日来て、掃除、洗濯、後片付けをすべてやってくれるし、料理は別のヘルパーが朝晩作っていく。食後はそのまま置いておけば、次に来たとき片付けてくれる。

学校へ行っているはずの京子が家にいても、ヘルパーたちは見てみぬふりだ。ご主人に告げ口をしたって、時給が上がるわけではないし、やっかいごとはごめんだから、みな自分の仕事をてきぱきやって、とっとと帰る。

十畳の片隅には豪華な猫用トイレと、高級キャットフードが置いてある。

京子はエリザベスと過ごした三日間を思い出す。野口美里が用意したフードをがつがつ食べ、水もじょうずに飲み、トイレの失敗も一度もなかった。

ただひとつ気になったのは、京子が抱こうとすると、逃げるのだ。

河川敷で拾った時は、簡単に抱くことができた。弱っていたからだろう。ごはんを食べて元気になると、京子を避けるようになった。

京子は不安になった。わたしのことが嫌いなのだろうか？　それともこのうちが気に入らないのかしら。自分だってこんなうち、好きになれないもの。

それから気付いた。

きっと家族がいる河川敷に戻りたいんだ。でも戻したらカラスに攻撃されるし、自分もひとりぼっちになってしまう。ならばときどき河川敷に連れて行って、家族に会わせてやればいい。あのとき京子はそう思ったのだ。

ひっかかれながらどうにかハーネスを付け、ランドセルに入れて、外へ連れ出した。ランドセルの中ではおとなしかったし、草の上に置くと、くんくんと草の匂いを嗅《か》ぎながら、落ち着いた様子を見せた。なのにふと目を離したすきにいなくなった。

探しまわっている間、川でおぼれてないか、カラスに食べられてないか、車にひかれてないか、めちゃくちゃ心配だった。

そして、広告屋さん。なんて名前のお店だっけ。漢字が読みにくかった。上で始まる名前。『上なんとかデザイン』というお店で、チラシを作ってもらった。

京子は一枚手元に残ったチラシを広げてみる。

『三毛猫を探しています。啄木鳥橋付近で行方不明になりました。見つけてくださった方には百万円差し上げます　滝之上』

これを注文して、翌日にできて、電信柱に貼って、戻ってきたら電話があった。

「おかあさんに代われ」という電話だ。

お隣の野口さんに代わってもらって、誘拐犯からの電話だと知った時、すごくほっとしたのを覚えている。

エリザベスが生きているとわかったし、エリザベスがわたしから逃げたんじゃないとわかったし、その後犯人から電話がないが、誘拐ならば安心だ。お金さえ払えば、エリザベスはもどってくるのだから。

少女探偵は推理する。

おそらく犯人は今、顔を見られずにお金をもらえる方法を一生懸命考えているんだ。

電話で相談してくれればいいのに。マスクをすればいい、って教えてあげるのに。どうにかして犯人と連絡をとらねばならない。

弁護士から依頼されたノート作りはもうほとんど完成だ。あとはこのチラシを資料として糊《のり》で貼ろう。

ひきだしから糊を取り出し、まずはノートに塗る。糊がはみ出して、机に垂れた。

指もべたべただ。

チラシを貼ろうとして、ふと、気付いた。

うちの電話番号が書いてある。

そうだ！

犯人はこのチラシを読んで、誘拐した猫の飼い主を知り、電話をかけたんだ！

京子はどきどきしながら、今の推理をノートに書き始める。

犯人はチラシが配られた家、もしくは電信柱近くの地域の住民である。ということは、もう一度同じ地域にチラシを配ればいい。

『五百万円は用意した。はやく連絡をくれ』というメッセージを犯人に伝えるのだ！

少女探偵はこの思いつきに満足した。

お財布を持って『上なんとかデザイン』へ行こうとして、思い出した。

百瀬との約束だ。

「いいですか？　探偵にはルールがあります。推理はひとりでやりますが、行動は必ず弁護士と一緒です。探偵は非常にあぶない仕事もします。事件に巻き込まれて刺されたり、調査過程で相手から訴訟など起こされたらたいへんです。弁護士を雇ったほうが得策です」

京子は百瀬からもらった名刺を出すと、さっそく百瀬法律事務所に電話した。

「百瀬法律事務所です」

違う声だ！　おじさんだけど違う。あわてて受話器を置き、どきどきがおさまるのを待った。次に、名刺にある携帯番号にかける。

「タダイマデンパガツナガラナイバショニイルカ、デンゲンガハイッテイマセン」

京子は電話を切った。

とたんに頭痛が始まった。

パパの携帯と同じ言葉をしゃべる。二十四時間営業と言ったのに。

京子はだましうちにあったような気がした。


百瀬はアパートで弟の次郎と共に酒を飲みながら話をした。

ちゃぶ台には餃子《ギョーザ》と卵焼き、ほうれん草のごま和え、じゃがいものリヨネーズ、大根のサラダが並んでいる。ドレッシングはオリーブオイルと黒酢、ラー油少々と山椒《さんしょう》を混ぜた百瀬オリジナルだ。

テヌーは次郎の匂いをさんざん嗅いだあと、「まあ、ゆるす」と判断したようで、つかずはなれずな距離でこちらを見て座っている。百パーセント安心すると、猫は背中を見せる。が、そこまでの親近感はもてないようだ。

「兄さん、すごいね。ご馳走をちゃちゃっと作っちゃうんだから」

次郎は箸《はし》がうまく使えず、餃子もすべてフォークで食べる。

「ぜんぶうまい。ぜんぶうまいよ」

次郎はご機嫌だ。腹が減っているらしい。

「十五から自炊しているからね」

そう言うと、百瀬は次郎のグラスから、自分の湯吞みへワインを移した。

「なにするんだ、兄さん」

「次郎はもう飲まない方がいい」

「だって、酔いたいよ」

次郎は不服顔だ。

ここへ来る途中、「酒ある？　なかったらぼくが買う」と言い、ワインを三本も買い込んだのは次郎なのに、グラス一杯で真っ赤になってしまった。

百瀬は顔色ひとつ変わらない。アルコールに強すぎて変化がないのだ。いつもこうなので、百瀬はひとりのとき酒を飲まない。酔わないから、飲む意味がない。

つきあい酒はたびたびするが、「お強いですね」と言われて「鈍いんです」と答えている。

百瀬にとって未知なるもののひとつが、酒酔いだ。未知なるものは数えきれないほどあって、恋愛、結婚、そして家族の団欒《だんらん》。今そのひとつを体験中だ。

「次郎はこの先もあまり飲まない方がいいよ」と百瀬は兄らしく注意した。

「酒は肝臓《かんぞう》でアセトアルデヒドに分解される。よくないものだよ」

次郎は不本意のようだ。

「発ガン物質でしょ。そのくらい知ってるよ。これでも製薬会社に勤めているんだからね。でも人の体ってうまくできてる。酵素《こうそ》が無害なものに分解してくれるだろ？」

「それに時間がかかる人もいて、顔が赤くなるのはその証拠だよ」

そう言われて、次郎は両手で自分の頬をぴしゃぴしゃ叩いた。叩いたって白くはならない。むしろ赤みが増してしまった。百瀬はそんな次郎を見てくすりと笑う。

その昔、自分に弟がいたらとか、妹がいたらとかあれこれ想像した。想像とはかなり違うけど、次郎はどこかひょうきんで、憎めない。

「兄さん、知ってる？　唾液《だえき》による検査で、アルコール危険度が高い人が遺伝子レベルでわかるんだよ」

それから延々、次郎は薬品の開発事業や医大とのプロジェクト等々語り始め、百瀬は思考を集中させて聞いた。次郎の声がかすれると、風呂を焚《た》き、弟が入っている間に食器を片付けた。布団を敷《し》き、自分は座布団を並べて寝ることにした。

次郎は湯船にボディシャンプーを入れ、泡だらけにしてしまったので、百瀬はシャワーで済ませた。

仕事で気になることがいくつかあるが、今は考えない。携帯は電源を切ったまま、鞄の中に入っている。家族を持つということは、こういうことなのだと腹を決めた。

裸電球を消し、兄と弟はまんなかにテヌーをはさみ、川の字になる。

百瀬は耳をすませ、次郎の寝息が聞こえるのを待った。なかなか聞こえないと思ったら、次郎の声が聞こえた。

「兄さん、彼女いないの？」

「いない」百瀬は即答した。

「次郎はどうなの？」と聞くと、「ぼくね、何回か結婚したんだ」と言うではないか。

「え？　何回か？」

「だってママがあんなだからさ、さびしいでしょ。家族が欲しくてね。最初に結婚したのは十四歳のとき。相手は十八歳のブロンド美人」

「ひょっとしてノースカロライナで？」

「よく知ってるね、兄さん。あの州、年齢制限ないんだ」

「どれくらいで別れたの？」

「すぐだよ。二ヵ月くらい。そういうこと、くり返したよ」

「今は？」

「独身。やはりだめだね。マザコンだから。ただ家族が欲しくて結婚するって、動機がゆがんでいるんだよ」

「そうなのか……」

「ぼくと結婚した人たち、しあわせそうじゃなかったよ」

次郎はそう言って、ふーっとため息をついた。

百瀬は闇が一段深くなったような気がしたが、次郎は楽天的だ。

「さびしいから、そろそろまた結婚してみるかも。兄さんはどうする？」

「どうするって？」

「このままずっと独身？」

百瀬は天井を見つめて考えた。目が慣れてきて、化粧合板の木目がうっすらと見える。

弟に恋愛相談にのってもらう。そのようなことも経験してみたいが、それだけはやってはいけない。大福亜子のことを次郎に知られてはいけないのだ。

百瀬はぽつりと言った。

「このままずっとひとりで生きて行くつもりだ」

返事がないと思ったら、すうすうと寝息が聞こえて来た。

テヌーが百瀬の胸の上に飛び乗った。やっとふたりきりになれたと思ったのか、四つ足をきちんと閉じ、香箱《こうばこ》を組む。テヌーの鼻息を顔に感じる。丸い背をなでながら、百瀬は目を凝《こ》らして天井を見つめた。

弟は寝た。百瀬は思考をひとつに縛ることをやめ、脳を解き放つ。脳は「我が意を得たり！」とばかりに、喜び勇んで考えまくる。

いろんなものが見えてくる。あれもこれもだ。見えないものも、どれくらい未解決かわかってくる。頭の中がプラネタリウムのようだ。星と星が結びつき、さまざまな形を作り出す。

これが自分なんだ。

生来のものか、育ちかはわからないが、あらゆることを同時に考え、処理してゆく。

星と星をつなぐように、あるいは、散らかったパズルのピースをぱちぱちとはめていくように、食べていても、人と話していても、寝る前も、目を覚ました瞬間から、脳はうねり、飛び、活動する。なぜ星がつながるのか、どうしてピースがはまるのか、説明できない速度で思考が進み、問題が片付いていく。

ほかのひとの脳内はおそらくもっと静かで、きれいに整頓されているのだろう。自分は自分に慣れているけど、そばにいる人はきっと落ち着かない。このゆがみが人を傷つける。それはとても悲しいことだ。

天井はじっと百瀬を見下ろしている。ここに答えはないよ、前頭葉に聞いてみろと言っている。

百瀬は昔から信じていることがある。

人は、どんな境遇であろうと、共通する課題があって、それは「自分を愛すること」ではないだろうか。

家族がいなくて、友人もいなくて、他からの愛に期待できなくても、自分だけは自分を見放してはならない。幼い頃からずっと、そう考えて生きてきた。自分を嫌いになりたくない、自分に愛されたいと願って生きてきた。

ゆがんだ自分を許そう。今後も自分らしく生きていこうと、闇の中であらためて誓った。天井がどんどん明るくなってくる。ずいぶん目が慣れたと思ったら、朝だった。

七時前、そっと起きてみそ汁を作っていると、次郎はいつのまにか起きてきて、会議があると言って、朝飯も食べずに出て行こうとする。

「またね、兄さん」

最後、次郎は目を合わさずに出て行った。

百瀬はみそ汁の火を止め、玄関に鍵をかけると、古い工具ケースからドライバーを取り出し、座卓に一番近いコンセントパネルをはずした。

黒くて四角い虫がいた。動かない。

百瀬はそれを指でつまみ、はずした。盗聴器だ。

# 第四章　空にいる

百瀬法律事務所、朝九時。

七重が出勤すると、ボスの百瀬はすでにパソコンに向かって仕事をしており、なぜか頭頂部に草が付いている。

七重は「おはようございます」よりも「草付いてます」よりも先に、「弟さんは？」と尋ねた。百瀬は平然と「人違いでした」と言う。

「にせもの？」

七重は素《す》っ頓狂《とんきょう》な声を上げた。そこへ野呂が「おはようございます」と入ってきた。

「先生はにせものとおっしゃったんじゃなくて、人違いとおっしゃったんですよ」

やんわりと注意する野呂に、七重は「ほんものじゃないならにせものじゃないですか」と言い張る。

野呂は上着を脱ぎながら、「いつわかったんです？」と百瀬に尋ねた。

「百瀬次郎という名前を聞いて、違うと思いました」

七重はあきれた。

「じゃあ、ここで会った瞬間から、にせものとわかっていたってことですか？」

百瀬がうなずく前に、野呂は「奴はいったいなんだったんです？」とこぶしを握る。

百瀬が返事をする前に、七重は「あの赤毛はまさか泥棒？」と受話器を握りしめる。

「110番かけたことないんですよ。まずは名乗ったほうがいいですか」

続いて野呂。

「窃盗ではなく詐欺でしょう？　しかし、欺罔《ぎもう》による錯誤、さらに金品の損失が証明できないと警察は動きません。先生、何か盗られましたか？」

百瀬はふたりの質問攻めに、さすがにパソコンに向かっているわけにもいかず、席を立ち、丁寧にお茶をいれると、ふたりに配った。

そして、言った。

「わたしの母は、日本人ではありません」

「え？」

七重は驚き、なにか言おうとするのを野呂が制した。

「それを知ったのは、小学五年の時です。戸籍抄本を見たんです。母は小学一年のわたしを施設に入れてすぐに日本国籍を失いました。戸籍には除籍という文字が記されておりました」

牛柄猫のモーツァルトが足元でにゃおうと鳴く。百瀬はモーツァルトを抱き上げて再び話し始める。

「アメリカ国籍を取得したと記載がありました。母は三十歳まで日本人でしたが、それから先はアメリカ人で、さらにその後はわかっていません」

野呂が口をはさむ。

「アメリカ国籍を取得したのちに、国籍喪失届を提出したんですね。すると戸籍上に除籍となった日付と、取得した外国名が記載されます」

「おっしゃるとおりです。母はせめて、自分がどこの国にいるか、わたしに伝えたかったのだろうと思います」

「どういうことですか？」

七重は意味がわからない。

「今、百瀬先生は、戸籍上もひとりぽっちってことですか?」

百瀬は一瞬、視線を落とし、それから七重の目を見た。

「実際にはわたしひとりですが、戸籍には母の名前がまだ残っています。除籍という文字と共に。戸籍は百瀬翠がわたしの母である唯一《ゆいいつ》の証明なんです」

七重が「戸籍を失っても、名前が残るんですか」と聞くと、野呂が答える。

「戸籍は筆頭者の名前がずっと残るのです。インデックスみたいなもので」

「イン?　クツ?」

「ひきだしのラベルみたいなもので、百瀬翠さんの名前が、百瀬太郎さんがいる戸籍のラベルになっているんですよ」

七重はうなずいてみた。うなずいても、わからないものはわからない。もうひとつの手段として、お茶を飲んでみた。しかし、わからないものはわからない。

男ふたりは勝手に話し合っている。

「祖父の名前はないので、母は出産を機に別戸籍を作ったのでしょう」

「黄色人種のハーフで、赤毛は生まれない」

「母に子どもがいたとして、百瀬次郎という名前は不自然」

「次郎を名乗る男は経歴にいくつか矛盾があった」

最後に百瀬は「まあちょっとしたいたずらでしょう」と話を終わらせた。野呂は言いたいことがあったが我慢し、ふたりともデスクに戻り、仕事を再開した。

七重は百瀬次郎のことなどもうどうでもよくて、猫トイレを掃除するふりをしながら、頭を整理してみた。

百瀬翠のラベルのひきだしに、百瀬太郎がしまわれている。百瀬太郎はそのラベルを唯一の親子の証しと思っている。

そこまで考えて、七重は気付いた。

婚約者の大福亜子はひとり娘と聞いている。百瀬は身寄りがない。もし結婚が成立したら、自然の流れでいくと、相手の親から養子に入るよう乞《こ》われるのではないか。すると百瀬は唯一の親子の証しであるひきだしを捨てねばならない！

ひょっとしたら、百瀬は戸籍のインクツに強いこだわりがあり、なかなか結婚に踏み出せないのは、そのせいではないだろうか。

七重はいさましく立ち上がった。

百瀬は遠慮が強すぎる。自分の戸籍に入ってくださいと、これこれこういう事情ですからと、言うだけ言ってみるべきだ。髪がくるくるで丸めがねで冴えない風貌の百瀬を選んだ女性だ。「喜んで百瀬亜子になります」と言うに決まってる！

七重はつかつかと百瀬に近づき「お話があります」と言った。

百瀬はきょとんとした顔で七重を見上げる。

その瞬間、七重の脳裏に死んだ三男の顔が浮かんだ。目がそっくりなのだ。しかしひるんではいけない。強い口調で「言わせてください！」と言った。

「はい、なんでしょう？」

百瀬は仕事を中断し、きちんと七重を正面から見据《みす》えた。

ああ、どうしてこんなにも、三男の目をしているのだろう？　七重はぐっと涙をこらえ、「草が付いてますよ」と言って、百瀬の髪に手をのばした。

言いたいことを言わず、誤魔化《ごまか》したのがいけなかった。

七重は「うそをつく」と「涙をこらえる」と「空いた手で草をとる」の三つを同時進行する才覚がなく、空いてない方の手を使ってしまった。

つまり、口をしばってないビニール袋に猫の排泄物《はいせつぶつ》、しかも固いほうがごろごろ入ったのを持った手で、指を使ったものだから、固いものは袋を飛び出し、百瀬の顔面でばらまかれ、シャツやネクタイにぶつかりつつ、ごろごろと床へ落ちていった。

「なにをしているんです！　七重さん！」

野呂はあせって、飛ぶように駆けつけた。

離れていた野呂には、七重がツカツカとつめより、「言わせてください！」と叫んで、ボスの顔に排泄物を放ったように見えたのだ。

野呂は労働運動が激しき時代を思い出す。

しかしやり方が稚拙《ちせつ》すぎる。排泄物を投げるなんて。

七重の行為はその理由がどうあれ、結果的にまずかったのは事実であり、百瀬はそのあとシンクで顔を洗い、シャツを着替えねばならなかった。

七重は百瀬に謝りながらも、「最近大福さんと会ってます？」と質問した。

百瀬は「日曜日に会いました」と言った。

すると「誕生日に会ったんだね」と声がした。

振り返ると、いつのまにか石森完太が入って来て、百瀬のデスクを覗き込んでいる。

「学校はどうしたんですか」と七重が尋ねると、「開校記念日」と完太は言った。なるほどランドセルを背負ってない。

百瀬はタオルで顔を拭きながら尋ねた。

「誕生日って？」

完太はまるで自分のひきだしを開けるように、デスクから例のノートを取り出し、ページを開いて「ほらここ」と指差す。

百瀬は驚いた。

大福亜子とのおつきあい計画ノートの「誕生日を聞く」欄に、かわいい小さな文字で「7月7日です」と書いてある！

いつのまに？　彼女が書いたのか？

そういえば以前、喫茶エデンで指輪を渡したとき、電話が鳴ったため、鞄の中身をテーブルに置きっぱなしにして、いったん外へ出た。

あのときか？

百瀬は上を向き、前頭葉に空気を送りながら、考えた。

日曜日の大福亜子の服装、表情、言動。

なるほどそうか。誕生日のお祝いを期待していたんだ！

ところがこちらはプレゼントはおろか、ご馳走もせず、遅刻した上……。

なにせ下駄だ！

ああもう、最悪だ。バースデーデートに下駄で行ってしまった！

百瀬は青くなって野呂と七重に聞く。

「誕生日って、ふつう、お祝いとかしますか」

七重は「家族の誕生日はお正月よりも大事です」と言い、独身の野呂は「実家は桃農家で忙しく、あまり気にしない一族でした」と言い、聞きもしないのに完太は「忘れてるうちにたいてい過ぎる」と答えた。

百瀬自身は「完太とほぼ同じ」だ。

考え込んでいる百瀬に野呂はこう言った。

「恋人同士だと普通はイベントなんじゃないですか。特別な日だと思いますよ」

百瀬はなるほどと思い、とりあえず彼女に「おめでとう」だけでも言おうとしたが、電話がつながらない。

「タダイマデンパガツナガラナイバショニイルカ、デンゲンガハイッテイマセン」

この音声を聞くと、百瀬は胸が痛む。

今朝、次郎が出て行ったあと、携帯を起動したら、着信履歴が入っていた。少女探偵からだ。かかってきたのは一度きり。気がついてすぐにかけたが、出てくれない。

学校へ行く気になったのだろうか。

せっかく自分を必要としてくれたのに、にせものの弟と疑似家族をやっていた。にせものとわかっていても、ひと晩でいい、家族と過ごしてみたかったのだ。

そもそも携帯の電源を切るなんて、自分らしくないやり方だった。思考をひとつにするなんて、もうけして、けしてやらない。

大福亜子も気になるが、今は少女探偵が優先だ。

これからマンションに行ってみよう。出かける準備をしていると、野呂が百瀬に近づき、そっとささやく。

「石森くん、さびしそうですよ」

見ると、完太は勝手に百瀬の椅子に座り、くるくる回っている。百瀬と目を合わせようとしない。百瀬はすっかりいつもの自分、つまりすべてを受け入れる姿勢に戻り、こう言った。

「石森完太くん、わたしはこれからでかけるけど、一緒に行くかい？」

完太は「え？」と目を丸くして、椅子を止めた。

「手伝って欲しいことがあるんだけど、一緒に行ってくれないかな」

完太は張り切って立ち上がった。

「手伝う！　やった！」

完太はガッツポーズをした。

「修業だ。ぼく、がんばるよ」

「修業？」

「ぼくね、将来猫弁を継ぐんだ。だからなるべく師匠のそばに居て、技を盗むつもりです」

百瀬は微笑んだ。

七重が目でそっと「よろしく」と言っている。

事情はよくわからないが、完太は百瀬といたいらしい。小学生で弁護士が必要なのだから、完太にしても少女探偵にしても、特別な事情があるのだろう。

百瀬はふたりの笑顔が見たいと思う。彼らのためなら、自分の縁談のひとつやふたつ……ふたつめはないだろうが、あとまわしにして、悔いはない。

ごめんなさい、大福さん。

準備は整った。百瀬と完太が出て行くのを七重はドアの外まで見送った。

「いってらっしゃい」

母親が子どもを送り出すやり方だ。

にこにこ笑って手を振る人に、見送られる。

七重が完太のためにそうしているのがわかっていても、百瀬は喜びを感じた。子どもの頃欠落していたものが、こうやって少しずつ満たされていく。

ちらっと脳裏に浮かぶ、戸籍の「除籍」の文字。母の名前と自分の名前が並んでいる唯一の紙きれ。あんなものにこだわるのはいいかげんもうよそう。

その時、ぶわっと強い風が吹いた。

百瀬はめがねが飛ばされそうになり、あわてて手で押さえる。完太は遅かった。野球帽が飛ばされてしまい、帽子を追いかけて、大通りに飛び出した。百瀬は驚いて完太を追い、そこへ大型トラックが勢い良く迫ってきた。

次の瞬間、空を切り裂くような急ブレーキの音が鳴り響く。

完太は百瀬に突き飛ばされ、歩道にころがった。

大型トラックは停まった。あまりに急だったから、前後に揺れている。

運転手が青い顔で降りて来て、倒れている百瀬を発見。タイヤともじゃもじゃ頭の間には数センチしかない。されど数センチ。命を分ける数センチ。

ほっとして運転手は怒鳴った。

「何やってんだ、ばかやろう！」

百瀬はめがねがどこかへ行き、よく見えない。

ふらふらと立ち上がって歩道へたどりつくと、手で触れ、完太の無事を確認した。

やれやれ、ほっとした。

振り返って一礼したが、見えないので、運転手ではなく、トラックに謝るの図になった。運転手はあきれ顔で運転席へ戻った。トラックはプップッとクラクションを鳴らし、発車した。

そのときだ。クシャッと妙な音がした。

丸めがねが轢《ひ》かれた。百瀬は音でわかった。

レンズとフレームが粉々になる様が脳内にはっきりとイメージできた。

トラックはスピードを上げて走り去った。

ひき逃げだ。めがねのひき逃げだ。

道路交通法第七十二条、交通事故の場合、ただちに運転をやめ救護に当たらねばならないとされているが、対象がめがねだし、運転者は気付いてない。故意に逃げたわけではないので、ひき逃げの罪にはあたらない。

完太はかすり傷ひとつなく、手に野球帽を握りしめたまま、ぼうっと突っ立っている。

完太には一瞬、百瀬が死んだふうに見えた。スーツのズボンの膝と上着の肘《ひじ》に小さな穴が開いているが、百瀬は生きている。

「帽子、あった?」と百瀬が声をかけたとたん、完太の頬がぴしゃりと鳴った。

「死んだかと思ったじゃないの!」

いつのまにか七重がそばにいて、真っ赤な顔で怒っている。百瀬のぼんやりした視界でもわかるくらい、頬が赤い。

「七重さん、暴力はいけま」まで言ったところで、百瀬は頬をがつんと拳固でなぐられた。

「反省しなさい！　あなたたち！」

七重のヒステリックな声が響き渡る。

ブレーキ音を聞きつけて事務所から出て来た野呂が、七重をいさめた。

「いくらしつけでも、暴力をふるってはいけませんよ」

七重は叫ぶ。

「しつけなんかじゃありませんよ！　かっ、か、、、っときて殴ったんです！」

そのあと七重はなんと泣いてしまった。わあわあ、てのひらで顔を包んで泣いている。

百瀬も完太もかけることばを失った。本当に悪いことをしてしまったんだとふたりは思う。七重は亡くなった三男の事故を思い出したのだろう、涙がとまらず、ついにはしゃがみこんでしまった。

野呂は百瀬のめがねを探し、車道で砕け散っているのを見つけ、驚いた。車が来ないすきを狙って拾い集め、ハンカチで包んだ。

七重はしゃくりあげながら言った。

「いいですか？　神様はけちんぼなんです。命はひとりいっこしきゃ、もらえないんです。たとえ本人でも、粗末《そまつ》にしていいって法はありゃしません」

「七重さんごめんなさい。もうしません」

百瀬と完太は声をそろえて謝った。

四人はいったん、事務所に戻った。

百瀬はスペアの銀ぶちめがねをかける必要があったし、完太は慣れないキッチンでお茶をいれ、七重を落ち着かせる必要があった。

そして野呂は、百瀬にそっとハンカチ包みを渡した。

「ありがとうございます」

百瀬は受け取り、ポケットにしまった。

「あの、先生」

「完太くんが気にしますから、めがねのことは忘れてください」

野呂はうなずくと、デスクに戻った。

戻ったはいいが、胸がざわついて、野呂は仕事に集中できない。

黒ぶちの丸めがねは百瀬が母親からもらった唯一のもの。祖父の形見《かたみ》と聞いている。ボスが七歳の頃から後生大事にしている宝物だ。ずいぶん古いものだし、全く同じデザインのものはもうどこにもないだろう。

野呂のデスクから百瀬を見ると、銀ぶちめがねはそれなりに似合っている。というより、前よりもむしろ社会に馴染んで見える。今までも何度か丸めがねの修理中に活躍した銀ぶちめがね。横長の楕円《だえん》で、誰でも似合うあたりさわりのないデザインだ。軽いし、楽そうだし。そう、銀ぶちめがねに罪は無い。

しかしこれが百瀬太郎の姿かと思うと、たまごかけごはんを醤油《しょうゆ》なしで食えと言われるような、違和感がある。

七重はお茶を飲み、心が落ち着いたようで、百瀬の異変にやっと気付いた。

「あら？　先生。めがねはどうしたんです？」

「故障したので、修理に出すつもりです」

「あらまあ、わたしはこのままがいいと思いますよ。男前ですよ。いっそ変えたらどうですか」

七重はくったくがない。壊滅的に破損したことを知らないからだと野呂は思う。

七重だって、百瀬の丸めがねは特別なものだと知っている。だいじな人がだいじにしているものは、自分にとってもだいじなものである。

七重が復活したので百瀬は安心したように、「行こうか」と言って、完太と共に出て行った。


地獄のCで春美は社長と向き合っていた。

Cとはつまり、ナイス結婚相談所の一番小さな会議室で、経営者が社員に異動や昇進、あるいはその逆を伝える場所だ。

社長は御歳七十八歳。痩《や》せた体に白い麻のスーツを着て、ヤギのように白いあごひげをはやしている。毎朝きちんとそろえているのか、美しすぎる逆二等辺三角形だ。

社長は乾いた声で言った。

「寿くん、わかってますね」

「何がですか？」

「今日呼び出された理由だよ」

「成績不振だから、もっと勉強して、せめてひと組くらいまとめてみせなさいとおっしゃりたいんですね」

「それは前回述べました」

「じゃあなんでしょう？」

「とぼける気ですか」

社長は腕を組み、ためいきをついた。

「君のご実家が入っている農協の前理事長の叔母《おば》がね、昔東京の大学の寮母《りょうぼ》をしていてね、わたしも少しお世話になったものだから、あなたの働き口を頼まれたんだけどね。つまり、ひらたく言いますと、わたしが六十年前にお世話になった寮母さんの甥《おい》が三年前理事長をしていた農協の組合員のお嬢さん」

「ひらたくなってないですね。つまりたいしたコネではないってことですよね」

「そう、それ、わかっているんですね。うちは大卒以上が採用条件なんだけれども、あなたは寿さんですからね。縁起がよい苗字ですから、特別にうちで内定を出しましたよね。まあ、寮母さんへの恩返しとしては、やり過ぎと言っていいほどの尊い行いをしたと思っていますよ」

社長は自身の言葉に酔い、すっかりその気になって、尊大ぶった。

「わたしも歳ですからね。そろそろ天国への通行手形を手に入れようと思いまして」

「天国への通行手形がそんなに簡単に手に入ったら、天国の人口密度が高くなって息苦しいと思いますよ。わたしはその手形を持っている人をふたり知ってますけど、社長とは格が違います。だいいち、狙いにいっちゃだめですよ。社長は絶対無理だと思います」と春美は意見した。ただし胸の中で意見するという理性は持っていた。

社長はひとりしゃべり続ける。

「ところがね、研修期間からあなたには真剣さが見られなかった。それでも正社員になるっていうモチベーションはあったようで、なんとかなりましたがね。正社員になってからというもの、まったくもって、成果をあげてないというか、会員からクレームつけられたこともありますしね」

「え？　そうなんですか？」

「クレームがついた社員にはね、モニタリングを行うんです」

「なんですか？　それ」

「会員を装って、調査員が接客ぶりを潜入捜査するんです。あなた、マニュアル無視して、勝手な対応してますね」

「……………」

「結婚式の費用やら、結婚後の家計やら、子どもの教育費用の算出やら、やたらとデータを見せたりして。あれじゃあ結婚に夢をもてませんよ。いいですか、寿さん。結婚相談所というものは、人に夢を見せつつ、現実の一歩を踏み出させる商売です。床に穴がある、そこは水漏れがする、そこはすきま風が冷たいなどと知って、家を買う人がおりますか？」

「穴があるのに無いと言って売りつけると、消費生活センターから怒られますよ」

「そこはそれ、結婚相談所の会員は不動産物件ではないので、不具合があってもうちの責任ではありません。本人の問題であって、返品も返金も発生しません。どんどん売ってしまえばいいんですよ」

「社長、商売人ですね」

「寿くんにも才能があると思ったんですがね。案外と正直で、不器用でしたね。わたしはね、そういう人間は好きですよ。個人的にはね。しかし社員としてはいただけません」

春美はいよいよきたと思った。

「いつまでですか？」

「来月いっぱいということで、どうですか」

「それでは有休を消化できません」

「できますよ。計算しました。明日から来なければいいんです」

春美は「わかりました」と言うのに三秒かかった。

静かに立ち上がり、一礼すると、会議室を出た。ドアを閉める前にも一礼するというルールは破った。こぼれてしまいそうだったので。

エレベーターに乗り、屋上へ向かった。

暑い。

真夏の屋上はひとっ子ひとりいない。

「このくそ会社、わたしを使いきれなかったな」と愚痴《ぐち》ってみるが、風にもっていかれ、耳に残らない。さっきこらえた涙が汗となってこめかみをつたう。

熱い手すりにつかまって東京を見渡してみる。予備校の看板、そのむこうには私立大学の校舎、その隣には専門学校が見える。自分にとって未知の世界ばかりだ。大学にも専門学校にも行くことはできなかったけど、行きたいとも思わない。わたしは働きたかったんだ。なのにこのザマだ。

東京に来て、自分は何をしたかったんだろう？

東京に来ることが目的だったんだろうか？

亜子先輩と猫弁太郎は、目的があり、まっすぐに努力している。そうすると現実が近づいてくるみたいだ。猫弁はせっせと人助けをし、亜子先輩はせっせと猫弁のお嫁さんをする。損することなんて、全然見えてないみたい。

人助けと、猫弁のお嫁さん。

どちらも春美のしたいことじゃないから、うらやましさは微妙だけど、したいことがあるってことがうらやましい。

秋田で靴でも作ろうか。でも寒いのは嫌だし。

ほらね。やりたい気持ちが薄いから、負の部分ばかり見えてしまう。元会員の梅園光次郎は、二千万出すから起業しろと言った。躊躇《ちゅうちょ》して断った。だって「じゃあ何を始める？」と聞かれても、格好よく答えられるものがない。

そう、自分はいつも格好をつけていた。

起業の夢を持つことで、普通のＯＬじゃないぞと粋がってたし、新聞や雑誌で情報を集めることで、やってる感もあった。

今思えば、ＯＬだからこそ、夢を見られた。

社長に「正直で、不器用」と言われたのは、かなりショックだ。自分は器用だと思っていた。二十四歳。世間的には若いのかもしれない。でも春美は上京して六年、先が見えてきたような気がする。自分を受け入れてくれる場所など、どこにもないような気がする。

亜子先輩に相談したいけど、なんだか最近忙しそうだ。同窓会からこっち、赤坂って男からたびたび呼び出されているみたいで、残業もせずに帰ってしまう。このあいだは車でお迎えがあって、慣れたふうに助手席に乗り込んでいた。ぴかぴかの外車だった。

亜子先輩は結婚前にアバンチュールを楽しむタイプではない。猫弁との結婚が暗礁《あんしょう》に乗り上げたのだろうか？

先日のバースデーデートについては、亜子は「お茶を飲んだだけ」と言ってた。けど、愚痴も言わない。春美がプレゼントしたスヌーピーのピンバッジをうれしそうにシャツの襟に付けて、そのあと深刻な顔で「今、意識改革中なのよ」とか言ってた。どういうことか聞きたかったけど、なんとなく聞けなかった。だって、そう、だいじなことは、自分で決断しなくちゃいけないもの。

自分で、決めなくちゃ。

春美は「さて明日からどうしよう」と思った。自分で決めるとしたら、とりあえず、朝寝坊だな。

そこまで考えたら、めんどくさくなり、「やっほー」と叫んでみた。

すると「やっほー」が返ってきた。

驚いて見回すと、予備校の屋上で煙草を吸っている講師らしき男女三人が、こちらに向かって笑いながら手を振っている。白髪《しらが》まじりのおじさん、髪が長い青年、髪をひっつめた年増《としま》の女。暑いのに教室では吸えないから、灼熱《しゃくねつ》の屋上で喫煙してるんだ。

みんな、たいへんなんだなぁ。

春美は手を振り返した。ぶんぶん、振った。

こめかみから汗がつたう。三人がげらげら笑ってる。春美の必死さがおかしいのだろう。そのうち年増の女は煙草をくわえたまま、両手を振り出した。春美も両手を振った。男ふたりはあきれたように、女ふたりを交互に見ている。

春美は愉快だった。

両手をぶんぶん振っていると、なんとかなるって思えてくるから不思議だ。

ぶんぶんぶん、なんとかなるさ！

ぶんぶんぶん、なんとかなるさ！

完太はくたびれた。

地下鉄を乗り継ぎ、川沿いを歩き、やがて高層マンションが見えてきた。完太は百瀬に訴えた。

「弁護士ってタクシーで移動すると思ってた」

「ここは近いほうだよ」

「弁護士さんがタクシーを使わなきゃ、タクシー運転手の未来はないよ」

「地下鉄やバスなど交通機関を把握しておくことは、弁護活動に役立つ。依頼人の生活実感がわかるし」

「今日の依頼人の生活実感に近づくなら、タクシーじゃないかな」

そそりたつマンションを見上げながら、完太はつぶやいた。

ここに来る道すがら、今回の依頼の概要を百瀬から説明された。

女の子が飼っていた猫が行方不明になり、誘拐犯が五百万円を要求してきたので、隣のおばさんがATMから送金しようとしたところ、失敗。以来、犯人から連絡がない。どうにかして猫を取り戻してくれという隣のおばさんからの依頼。

へんてこな案件だ。

「猫に五百万っておかしいね」

百瀬は「いいところに気がついた」と完太を誉めた。

「どうおかしいと思う？」

「非常識だ。冗談みたい」と完太は正直な感想を述べた。

「非常識で冗談みたい。すばらしい解釈だ。それがこの依頼の肝《きも》だよ」

完太はなにがなんだかわからない。

「君は弁護士の素質があるよ」と百瀬は完太の肩を叩いた。

「そうお？」完太は別段うれしくもない。

「弁護士になりたいんでしょう？」と聞かれて、完太はきっぱりと言った。

「弁護士じゃなくて、猫弁になりたいんです」

「猫弁？」

完太はうなずき、宣言した。

「ね、こ、べ、ん、に、な、る」

「それは難しいね」と百瀬は言った。

「どうして？」

「猫弁はなりたくてなるものじゃない。いつのまにかなってしまうものなんだよ」

「なにそれ？　運ってこと？　それとも遺伝？」

猫弁は遺伝するか。禅問答《ぜんもんどう》のような会話を男ふたりは真剣に交わしながら、大理石のエントランスで部屋番号を押す。

「応答がない」

女の子は留守《るす》のようである。


京子は『上なんとかデザイン』で、わからずやの店主と押し問答をしていた。

「このチラシを配った家へ、もう一度チラシを配って欲しいんです」

京子は前に作ってもらったチラシと、家から用意してきた白い紙を並べた。

『三毛猫を探しています。啄木鳥橋付近で行方不明になりました。見つけてくださった方には百万円差し上げます　滝之上』のチラシ。

白い紙には『五百万円は用意しました。エリザベスを返してください。連絡待ってます。滝之上』と書いてある。

前のチラシには電話番号があるが、今度のチラシには載せない。京子の作戦だ。

「これは誘拐犯へのメッセージなんです。やぶさかです。だって、誘拐犯はすでにうちの電話番号を知っているんです」

京子は探偵らしく低い声で、ものものしい話し方を試みる。

「二枚目のチラシで、べんじょ犯をふるいにかけ、真犯人をあぶりだします」

店主はあきれて聞き返す。

「便乗犯《びんじょうはん》？」

「そう、それです」

「お嬢さん、わたしが子どもに見えますか？」

「おじさんに見えます」

「わたしに子どものごっこ遊びにつき合えって言うのかね？」

「遊びじゃありません。お金もちゃんと払います」

店主はうんざりしたように顔をしかめた。

「金持ってる人間が偉いのかい？　金で人が動かせると思ってるの？　ああ、いやだいやだ。子どもが金を持ってていいことないよ」

京子は胸がずきんとした。嫌な言い方をする店主だが、そこにはうっすらと正義の匂いがする。

「いいかいお嬢さん、あなたのやっていることは滅茶苦茶《めちゃくちゃ》だ。第一、うちではこんな手抜きのチラシ、作っていません。これ安物のプリンタで出力してるじゃない。ネットカフェかなんかで作ったんじゃない？」

店主はうさんくさそうに、チラシをつまんでひらひらさせた。

店主は背が高い。やせていて、色白で、黒髪を真ん中でぴっちり分けており、耳の上でぱつんと揃えている。よく見ると、ちらほらと白髪が混じっている。

以前来たときは、若くてものわかりのよい男が応対してくれた。ぽっちゃりして、日に焼けた顔、前歯が一本欠けていた。

わからずやの店主は言う。

「そもそもわたしはペイズリー柄を嫌悪しているんだ」

「けんお？」

「嫌いなんだよ。ぞうりむしのようで、気味が悪いし、そのくせやたらと人気があるのが、腑《ふ》に落ちない。わたしはね、お客さまからペイズリー柄を使えと言われても、断固拒否します」

京子は図鑑で見たぞうりむしを思い浮かべた。全然違うと思う。

店主は畳《たた》み掛《か》けるように言う。

「第一、文章がこれ、なってない。三毛猫？　こんな情報、チラシの意味を成しません。猫の写真がないなら、せめてイラストくらい入れないと。こんなものにあなたは二万五千円も払ったというのですか？」

京子は店主を睨みながら「はい」とうなずいた。

「領収書は？」

「領収書ってなんですか」

「レシート持ってます？」

京子は首をひねった。そう言えば、もらってないような気がする。

店主はわざとらしく大きなためいきをついた。

「子どもじゃ話にならない。おかあさんは？」

「死にました」と京子は言った。

店主はあっけにとられた顔をした。ざまあみろと京子は思った。

大人は必ず「おかあさんは？」って聞く。誘拐犯もそうだ。子どもにはもれなくおかあさんが付いてくると思ってる。

京子は店主に説明してあげた。

「パパはママが空にいるって言ったけど、うそなんです。空にはいないって、友だちが言ってました。死んで、四角い石の下に閉じ込められているんですって」

「友だちって？」

「クラスの子です」

するとと店主はばかばかしい、だから子どもは、とぶつぶつひとりごとを言い、京子をぐっと見据えると、こう言った。

「あなたまさか父親の言うことを信じないで、他人の言うことを信じるのかい？」

「だって」

「母親が空にいるって父親が言ったなら、あなたの母親は空にいるんだよ」

「え？」

「そのくらいの歳ではね、親が言うことが絶対なんだよ」

京子は黙り込む。このようなわけのわからない言葉には、反論もできない。

「親はね、信じたほうがいいよ。あなたの身のためだ」

京子の思考は混乱した。

やはりママは空にいる？

急に心臓がどきどきして、胸がむかむかして、気分が悪くなった。

店主は京子に椅子を勧めた。そして京子が座るのを確認すると、奥へ引っ込んだ。子どもを相手にするのをやめて、昼寝でもしに行ったのだろうか。

座ってもどきどきはおさまらない。

京子は折り目がついたチラシをながめながら、前にここへ来たのは夢だったのだろうかと思う。言われてみると、だめなデザインに見えてくる。言われてみると、だめな文章に見えてくる。自分はいったい何をやっているのだろう？

ごうごうと音がし、店が揺れる。駅の近くで、電車の走行音がひっきりなしだ。ごうごうと心臓のどきどきがハモってる。

ふと、京子の頭に丸めがねの弁護士の顔が浮かんだ。

電話したいけど、だめだ。一人で行動しないという約束を破ってしまったし。むこうも二十四時間営業の約束を破った。弁護士と探偵のチームは崩壊してしまった。

ふいに目の前に白いマグカップが置かれた。

店主は「ふうふうして、飲みなさい」と言った。

ホットミルクだ。いれてきてくれたんだ。夏だけど最近手足がやたらと冷える。両手でマグカップに触れると、芯からあたたまる思いがした。

京子はミルクを飲んだ。

あれ？　この味。ママが作ってくれたのと同じ味がする。

自分で作ってもこの味にならない。なんでわからずやとママが同じミルクを作れるのだろう？

「いつこの店でチラシを作った？」

店主はカウンターの向こうで指をなめながら伝票のたばをめくっている。調べようとしてくれている。

京子は手提《てさ》げからノートを出して、日にちを言った。丸めがねの弁護士の指示通り記録を付けておいてよかった。

店主は日にちをぶつぶつ唱えながら、「やはり記録がないぞ」と言い、店のカレンダーに目をやって、ハッとした。

「七月三日と言ったね？」

「はい、七月三日です」

店主は目を落とし、何か考え込んでいる。カレンダーの七月三日と四日には、青いサインペンで7と書いてある。

いつのまにかどきどきはおさまり、京子は落ち着いた。するとさっきの言葉が気になり始めた。

「なぜ親を信じたほうがいいの？」と尋ねると、店主はわれに返ったように、京子を見た。

「さあて。わたしにもよくわからん。たしかにろくでもない親もいるしね」

店主はわからずやを廃業したのか、ずいぶんやわらかい話し方になった。

「これはずっと昔のことなんだけど」

店主は座り、カウンターの上でほおづえをついた。

「ひとりの少年がいて、やたらと上を見る癖があった」

「上を見る？」

「そう。やたらと上を見る。なんで見るのかと聞いたら、母親が上を見ろと言ったんだそうだ。そいつは成績優秀で、体育以外オール5だった。5と言っても並の5じゃないよ。7をあげたいくらいの5でね。けど、変わり者だったから、いらいらさせられることも多かった」

店主はその子が好きなのだろう、思い出すのがうれしくてしょうがないらしく、にやにやしている。

京子は考えた。自分を思い出すとき、にやにやする人間がこの世にいるだろうか。

あの世にはいるけど、この世にはいない。

京子は尋ねた。

「その子のおかあさんはなんで上を見ろって言ったんですか」

「さあな。わからん。だって母親がいないんだよ、そいつ」

「いないって？　どういうこと？　死んじゃった？　それ、遺言？」

「おそらく少年は母親に捨てられたんじゃないかな」

京子は胸がずきんとした。母が死ぬより、母に捨てられるほうがよほど辛いような気がする。想像だけど。

「それでもその子は母親の言葉をずっと信じていたよ。そして、すごく幸せそうだった」

「幸せ？」

「ああ、親を信じることができるって、それだけでじゅうぶん幸せなのさ。そのことを奴が教えてくれた」

「親を信じる……」

「偉そうに言ったが、わたしにもよくわからんのだよ。わたしは親を好きじゃなかったからね。なんかね、嫌ってたよね。なんでだかね、むかついてね。まあ、ごく普通の小市民って感じの親だったんだけど、今思えば、あそこまで嫌わなくても良かったかもね」

　店主はさびしそうな、後悔しているような顔で話す。

「その少年を見ていて思ったんだけど、親を信じるって、ひょっとしたら、自分を信じることと似てるんじゃないかな」

　京子はそう言われて、上を見てみた。しみだらけの天井が目に入る。

「母親が空にいるって、あなたの父さんは言った。あなたに上を見ていて欲しかったのかもしれないよ」

　京子は天井のしみがだんだんエリザベスのしっぽに見えて来た。

　するとそこへ、人が入ってきた。

　京子はそれが誰だかわからなかった。

「滝之上さん」

　声で気付いた。

　丸めがねをかけてない百瀬弁護士が、ほっとしたような顔で立っている。髪のくせ毛は相変わらずで、声のやわらかさもそのままで、銀ぶちめがねの奥の目もそのままだけど、黒ぶちの丸めがねでないことに、京子は強い違和感を持った。

落ち着かない。点がない「お」の字のようだ。

「一人で行動しないでくださいと、申し上げたはずです」と点のない男が言った。

京子は尋ねた。

「わたしがここにいるってなんでわかったんですか」

「約束通り、宿題をしてくれたのでしょう？　ノートに事件の経緯《けいい》を書いて、犯人の手がかりをつかんだとしたら、まずチラシを依頼したお店を訪ねるだろうと思いました。駅前の広告屋はここしかありませんし、犯人は滝之上さんの電話番号をチラシで知ったはずですからね」

百瀬は店主に声をかけようとして、驚いた。

「上安里先生！」

「やはり、百瀬くんか？」

店主は感慨深げに百瀬をながめ、うれしさがこぼれ落ちそうな顔になった。

「丸めがねは卒業したんだな。髪はそのままだ。背は伸びたな。えーと何年ぶりになる？」

「二十五年になりますね。おひさしぶりです。お元気そうでなによりです」

そのあと、上安里と百瀬はしばらく無言になった。

二十五年前のあれこれがそれぞれの脳内に映し出された。

担任ではなく、中学の美術の先生と一生徒に過ぎない関係だったが、進路をめぐっての攻防があった。上安里は若くて熱心で、こうであらねばという確固たる近未来図があり、そこに百瀬をはめようとしたが、うまくいかなかった。

中学生の百瀬はけして反抗的ではなく、やわらかな心と思考を持っていたが、他人には踏み込めない強固な芯があった。その芯は消えた母親がしっかりとつかんでいて、そこから彼を解放できる人間はいないのだと上安里は当時苦々しく思ったものだ。

今も彼は母の幻影にとらわれているのだろうか。上安里は探るように百瀬を見つめる。

一方、百瀬は卒業式に上安里からかけられた言葉が忘れられない。

「時々でいいから、円を描いてみなさい。正円が描けるかどうか、たしかめてごらん」

「描けなくなったら？」

「もう少し生きやすくなるかもな」

百瀬はその時感じた。自分に一生懸命になってくれる人の期待に応えられない苦さを。そして今は大福亜子だ。十五のときからずっと、四十になった今も、同じことをくり返していることに気付いた。

上安里はあいかわらず痩せているが、性格は丸くなったのだろう、百瀬のバッジを見てこう言った。

「君、ちゃんと弁護士になったんだなぁ。初志《しょし》貫徹《かんてつ》。えらいもんだ」

「先生は教師をやめられたんですか？」

上安里は五十代。定年にはまだ早い。

まあいろいろあってと言いながら、上安里は京子を見て、ウインクした。「さっきの話はないしょだよ」の意味だと気付き、京子はそっとうなずいた。

百瀬のすぐうしろに古い野球帽をかぶった少年が立っており、むすっとした顔で、京子をちらちらと見ている。

京子は同世代の子どもを見るのは久しぶりで、ほっとするような緊張するような、妙な感じがした。

百瀬は上安里にことの経緯をかいつまんで説明した。京子の三毛猫が消え、ここでチラシを作り、その後、誘拐犯から身代金を請求する電話があったこと。

上安里は言った。

「このお嬢さんの推理では、チラシを配った先に誘拐犯がいるという読みだそうだが、百瀬くんはどう思う？」

「わたしはこのチラシを作った人間が犯人だと思うのですが」

百瀬がずばりそう言ったので、京子は驚いた。

上安里の顔がこわばる。

それからしばらく奇妙な沈黙が続いた。

「いったん店を閉じよう」と言って、上安里は店の表に「閉店」の札を下げ、京子と完太には入り口近くにある客用の丸いテーブルと椅子を勧めた。百瀬にはカウンターの奥へ来るように指示し、事務机で向き合った。

話は筒抜《つつぬ》けではあるが、一応大人同士の話という態勢になった。

上安里は言った。

「わたしが犯人だと言いたいのか」

百瀬が「そういうわけでは」と言いかけた時、京子が叫んだ。

「この人関係ないです！」

京子は立ち上がり、カレンダーを指差す。

「あのカレンダーを見てください！」

百瀬も上安里も完太もみなカレンダーを見た。

「七月三日と四日、わたしがここに来た日です。7って書いてあります。わたし、覚えてます。その日すでに7って書いてありました。そしてこのおじさんはいなくて、別のお兄さんが受付してました」

「お兄さん？」上安里は聞き返した。

「若い男の人がここで受付してました」

上安里は考え込んでいる。京子はしゃべり続ける。

「たぶん7というのはこのおじさんの用事の暗号です。おじさんは7の用事で留守だったんです。犯人はおじさんじゃありません。だってさっきまで、このチラシのことも知らないみたいでした」

上安里はほうっと感心したようにためいきをついた。

「少女探偵か。たのもしいね」

「誘拐犯は別にいます」と京子は胸をはって言った。

上安里は京子に尋ねた。

「少女探偵さん、ここで受付した男は、ぽっちゃりしてたかね」

「ぽっちゃりしていました。前歯が一本なかったです」

「前歯がない？」

「肌は黒めでした」

上安里はためいきをついた。

「ひょっとしたら、あいつかもしれん」

「心当たりがあるんですか？」と百瀬は尋ねた。

「わたしの記憶では前歯はあったが、ずいぶん前のことだしな、断定はできんが」

上安里はゆっくりと話し始めた。

「今から七年前のことだ。当時はまだ美術の教師をしていた。放課後、卒業生がふらっとやってきて、こんどニューヨークで個展を開くと言うのだ。そいつは中学時代、絵はまるで下手、美術の成績は2だしね。成功するとは驚いた。ぜひ来てください、案内状を送りますと言うのだが、ニューヨークは遠いから、国内の時に呼んでくれと言ったら、アトリエを作るので、出来上がったらそちらに遊びに来て欲しいと言われたんだ。見取り図を見せてくれた。なかなかいいアトリエになると思った。これからローンを組むらしくて、保証人としてサインをくれないかと言うので」

「サインしたんですか？」

「馬鹿だと思うかね？　ああ、サインをくれてやった。判《はん》も押したよ。わたしは教え子を疑う常識を持ってない馬鹿野郎なんでね」

「それで？」

「やつは行方をくらまし、借金を背負うはめになった」

「いくらですか」

「五百万だ」

「それでどうしたんですか？」

「時間が経つと倍にふくらみそうだったんで、急いで教師をやめ、退職金で払った。女房はあきれて実家へ帰ったよ」

「それでこのお店を？」

「もともと叔父がやってた店だが、後継者がいないんで、閉店するところを引き継いだ。ひとり食っていくくらいの利益しか出ないが、今さら再就職も難しくてね。美術の教師という経歴は、つぶしがきかん。まあ、ここも、店主と言っても名ばかりで、今も叔父名義の店だ」

「あのカレンダーの7は？」

「おふくろの七回忌で島根の実家へ帰った二日間、店を留守にしたんだ。そいつはその隙にこの店に入ったんだろう」

「入るって、どうやって？」

「鍵で入ったんだろうよ」

「どうしてこの店の鍵を持ってるんです？」

「そいつが二年前、突然会いたいって連絡くれたんで、駅前の喫茶店で会ったんだ。正直、死んだかもと思ってたから、ほっとした。うらぶれた感じはなくて、まあそこそこ栄養も足りてそうで、うれしかった。五百万はいつか返します。ごめんなさいって頭を下げるから」

「下げるから？」

「気にするなと言って」

「気にするなと言って？」

「うちに遊びに来いと言ったら、じゃあ今夜泊めてくれって言うんで」

「泊めたんですか」

「わたしは仕事の約束があったので、先に家で待ってろと住所を教えて」

「まさか、鍵を渡したんですか？」

「わたしは教え子を疑う常識のない馬鹿野郎だと言ったろう？」

「上安里先生……」

百瀬は上安里の無防備さにあきれた。同時に、教師魂の神髄《しんずい》を見たような気がした。神々《こうごう》しい。

「結局そいつは家にはいなかった。鍵は戻ってこなかったが、何もなくなってなかったし、まあ、貯金もなかったから、通帳を見ても盗む気はしなかっただろうがね。いいかい？　今まで売上金が盗まれたことなど一度もないぞ。あいつは泥棒はしない。わかったね？」

「はい」

「今回は、訪ねて来たら、たまたま留守で、中で待っていようと思ったら、たまたまお客が来て、応対したんだろう」

「ええ」

「多少は金に困っていたのかもしれない。前歯が欠けてたんだから、ひょっとして、トラブルに巻き込まれて、逃げ込んだのかもしれない。お嬢さんから印刷代だけもらって、ネットカフェで十枚刷って、この子に渡し、誤魔化そうと思ったのかもしれん。そういう短絡的な思考の傾向がある奴だ」

百瀬は「それは犯罪です。刑法第二百四十六条、詐欺罪に当たります」と言いかけたが、途中で京子が遮るように叫んだ。

「チラシ配ってないの？」

上安里はあきれたように「こんなチラシ、配るわけないだろう？」と言った。

気まずい沈黙が流れた。

完太が立ち上がって遠慮がちに発言した。

「このチラシ、ちゃんと配られたよ」

「ほんと？」百瀬と上安里は同時に叫んだ。

完太はうなずいた。

「だって百瀬法律事務所の紙資源の中にあったもの」

完太は京子が持っている折り目のついたチラシを指差した。

「たしかにこれ、あったよ。七重さんが事務所の三毛猫を連れて行けば当たるかもって言ってた。でもこれ、この文章はまずいよね。情報が全然足りない。人に訴える気持ちが伝わってこない。やる気のないチラシだよ」

京子は立て続けにチラシのダメダシをされたが、腹は立たない。同世代から言われるとなぜか信じられる。自分の到《いた》らなさを痛感し、学問の必要性を感じた。やはり小学校を四年と三ヵ月の知識じゃ、だめなんだ。

上安里は推理した。

「じゃあ、こういうことかな。翌日この子がうちにきて、渡した十枚を自分で貼るって言うし、あまりに真剣だったから、頼まれた仕事だけはしようと思い直して、増刷《ぞうさつ》して、自分の手であちこち配った」

「そんなところでしょうね」と百瀬は言った。

「ゆるせん」

上安里はこぶしを握りしめた。

「こんな下手なデザイン、教え子が作ったなんて！　しかも配った！　美術教師として世間様に顔向けができん！」

「怒るとこ、そこですか」百瀬はあきれた。しかしまあ、約束の部数を配ったとしたら詐欺罪にはあたらない。百瀬法律事務所の区域まで配ったなら、相当な数だ。ご苦労さんだ。

上安里は京子をちらっと見て、すまなそうにこう言った。

「そこでやめとけばいいのに、身代金を要求するなんてなあ、馬鹿な奴だ」

京子はふと気付き、叫んだ。

「それって、誘拐犯がいないってこと？　誘拐したんじゃなくて、誘拐したふりをしたってこと？」

百瀬は「落ち着いて」と言い、京子を椅子に座らせた。そして目を見てしずかに言った。

「エリザベスは逃げたんだよ。誘拐犯など初めからいないんだ」

京子は呆然とした。

「逃げた……エリザベスが逃げた……」

「よく聞いて。わたしはあれから毎日、朝と夜にエリザベスを探しています」

「先生が？」京子は泣きそうな顔で百瀬を見上げた。

「見つかるかもしれないし、見つからないかもしれない。まだわたしはあきらめてない。滝之上さんの気が済むまで、わたしは探し続けます。ただし、滝之上さんは探さないで。ひとりで女の子がうろつくのは危険だから。あなたが探すといけないと思って、誘拐という誤解を解かなかった。うそをついてごめんなさい」

百瀬は頭を下げた。

京子の目から涙がこぼれた。百瀬ははっとした。この子、涙を持ってるんだ。強がっているけど、ずっと心細かったのだろう。百瀬は京子にハンカチを渡して、言った。

「いいですか。エリザベスはあなたが嫌いなんじゃない。猫の習性なんだ。新しい環境に馴染むまで少しは時間がかかる。いくら前向きな猫でも、馴染まないうちに外へ出すと、元の場所へ戻ろうとするんだ」

「慣性の法則？」と完太が口を出した。

「えーと、うん、まあ、そういうものだ」

完太はなぐさめるように言った。

百瀬は完太に「彼女の手をあたためてあげて」と
完太は神妙な顔をして京子の手をとり、あたためた。京子は唇をかみしめ、青い顔をしている。

上安里は百瀬に言った。

「五百万はわたしに返すつもりの金だろう」

「上安里先生」

「頼む。許してやってくれ。訴えたりしないでほしい」

上安里は頭を下げた。

百瀬は「顔を上げてください」と言った。

「五百万はATMで一度に送金できる限度額をはるかに超えています。教え子さんは本気じゃなかったと思いますよ。迷い猫に百万を払う人間がいるのを知って、からかってみたかったのでしょう。いわゆるいたずら電話です。相手が真に受けたので少しだけことが大きくなりましたが、以後電話はありません。いたずら電話は回数を重ねるなどして相手にダメージを与え、その傷害が電話によるものと証明されない限り刑法上は罰せられません」

「そうか！」上安里はうれしそうに顔を上げた。「考えてみれば、たかが三毛猫だもんな」

京子が「たかがじゃない」と反論した。

「わたしのエリザベスなんだから」

「そうだね、滝之上さんにとって、エリザベスは特別です」

百瀬はそう念を押した上で、説明した。

「しかし、このチラシを作った人も読んだ人も三毛猫という情報しかない」

みな、百瀬の説明に耳を傾けた。

「三毛猫に五百万。常識はずれの要求です。本人が冗談と自覚しながら言った場合、意志の不存在、つまり心裡《しんり》留保《りゆうほ》に値します。民法第九十三条では、冗談も法的効力があるとしていますが、相手も冗談と承知している場合は、無効となるとしています。依頼人の代理人であるわたしが、当初から表意者の真意、つまり冗談だと認識していたため、表意者の意志表示は無効となります。わたしはむしろ二万五千円のほう、つまり詐欺罪がひっかかっていましたが、そちらもチラシは刷られ、配られたということで、刑法上は大丈夫でしょう」

上安里はぽつりと言った。

「二万五千円は返す」

百瀬はうなずく。

「チラシとしては不良品ですし、返金されることをお勧めします。ただし、上安里先生ではなく、ご本人が払うべきです」

「教え子の粗相だ。わたしが立て替える」

上安里は旧式のレジスタから二万五千円を出して京子に渡した。

「ごめんな、お嬢さん」

百瀬はあいかわらず面倒見が良い上安里を見て、このひとは教師が天職なのだと思った。教え子の借金のためにやめざるをえなかったのは、たいそう辛かったことだろう。

上安里は言った。

「百瀬くん、弁護士の君に救ってもらうとは皮肉だな」

「君、弁護士になってくれてよかったよ」

「あの」

「上安里先生」

「ありがとう」

上安里は笑顔を見せた。

「先生、わたし、まだ円が描けますよ」

「なんだって？」

百瀬は胸ポケットからボールペンを取り出し、事務机の上のメモ帳にすーっと正円を描いた。

上安里は叫んだ。

「すばらしい！　君、すぐさま弁護士をやめたまえ。今から絵の勉強をしなさい！」

そう言って、ハハハハと笑った。

すると完太が叫んだ。

「先生、エリザベスが見つかった！」

驚いて百瀬が振り返ると、完太は両手で絵を掲げている。

チラシの裏にえんぴつで三毛猫の絵が描いてある。それは子どもが描いたとは思えない写実的な絵で、今にもにゃおうと鳴き、動き出しそうだ。

完太は絵を指差す。

「今、この子にどんな猫だったか聞いたんだ。それで、言う通りに似顔絵を描いてみた。探す手がかりになると思ってさ。びっくりした！　この猫、うちにいる」

「なんだって？」

「うちのアネキだよ、アネキ！」


七重は湯をたっぷりと注ぎ、湯呑みをあたためた。

その間に急須に茶葉を入れ、そこへ湯呑みの湯を注ぎ、一分間蒸らす。それからおもむろに急須から緑茶を注ぐ。いつもの数倍は丁寧にいれたものの、少し心配になり、『はーいお茶』と書かれたパックから、ひとさじの粉末茶を入れ、スプーンでかき回す。これでよし。風味は増したはず。

茶托に湯呑みを置き、しずしずとお盆で運ぶ。

本日、百瀬法律事務所は応接室がふさがっており、客人は事務所内の猫の毛だらけのソファに座っている。

客人の靴を牛柄猫のモーツァルトがざりざりなめている。客人は嫌がるでも喜ぶでもなく、黙ってされるがままになっている。極端におとなしい人間だ。

七重は「どうぞ」と低いテーブルにお茶を置く。

客人は消え入るような声で「どうも」と言ったか言わないか、七重の耳には聞こえないが、礼儀正しい感じの会釈《えしやく》をした。

七重は野呂を見た。

野呂は何日もかけて慎重に選んだ品を通信販売で取り寄せたものの、微妙に想定と違っており、販売元に問い合わせ中だ。原材料の違いによるわずかな重量の差が気になるらしく、「特注できないか」などとしつこく食い下がっている。七重は「そのくらい、どうでもいい」としか思えない。

野呂がそんな状態なので、七重は百瀬法律事務所を代表し、客人のお相手をせねばと思う。

「すみませんね。今日は突然訪ねてきたお客があって、先生ったら、もう三十分も応接室から出てきませんよ」

おとなしい客人は黙ったままだ。

「あんなふうにいきなりやってこられても、困ってしまいます」と七重が言うと、客人は「すみません」と謝った。小さいが、七重にははっきりと聞こえた。

「ぼくもいきなりで……」

消え入るような声でそう言うと、客人は立ち上がろうとした。

「待ってくださいな」と七重は言った。

「いいんです、約束なんて、ぜんぜん要らない。歯医者だって弁護士だっていきなり必要になるものですよ」

七重は立ちはだかるようにして、客人を座らせた。

客人は細身の体に仕立ての良い濃紺のスーツを着て、襟には弁護士バッジが光っている。

七重は客人がどこの誰なのか知らない。しかしボスである百瀬の弁護士仲間には違いないし、目の覚めるようないい男であることは疑いようもない事実で、正直、もう少し眺めていたい。

「まあ、ゆっくりしていってくださいな」

客人は遠慮がちにうなずいた。

あらま、素直だわと、七重はますます客人を好きになる。

いい男というものは、たいていがそれを自覚しており、隠そうにも自信にあふれ、傍若無人《ぼうじゃくぶじん》に振る舞うのが常である。

先日七重がスーパーで買い物をしたところ、レジ担当が珍しく男性で、しかも世間で言うところの今どきの茶髪のイケメンだった。彼は七重のかごの中の卵一パックをピッと機械に当てる際、乱暴につかんだため、一個が割れてしまった。

「あら、割ったでしょ」と詰め寄ると、「あ、うん」と言いながら平然とレジ作業を続け、合計金額を言った。

七重があきれて「取り替えてくださいよ!」と当然の権利を主張すると、「やっぱだめ?」と笑顔で言った。白い歯が光っている。

悪びれた風もない。今までその笑顔で許されてきたのだろう。七重はきっぱりと「だめです」と言い、取り替えてもらったが、後ろの待たされた客は、「いいじゃない、一個くらい」とわざと七重に聞こえるように愚痴を言った。

イケメンに優しく、おばさんに厳しい。これだからこの国はもう!

七重は腹立たしく思ったものだ。

ところが今目の前にいる若者は、どうにも様子が違う。鼻筋が通り、大きな瞳は色が薄く、グレーで、髪は黒く短く清潔にまとめられ、色白ですらりと背が高い。

今からここで映画の撮影でも始まるのかしらんと思うほどの美しさを放ち、しかも弁護士というエリートであるにもかかわらず、ふるまいは全体にはかなげで、怯えたような目をしている。映画俳優のなんだっけ、『エデンの東』に出ていた、なんだっけ。アラン・ドロン？　なんか、そこらへんランクの美男《びなん》だ。

なぜこれほどまでに美しく、これほどまでに低姿勢？

今まで生きて来た中で、彼はルックスの恩恵にあずかったことがないのだろうか？

七重は思った。彼は、みにくいあひるの子だと。

しかしこの比喩は陳腐《ちんぷ》だと思い、すぐに打ち消し、新たな比喩を考えた。

彼は、自分をちびたエンピツだと思っている万年筆みたいだ。

そうだそう。この比喩はふるっているので、あとで野呂に言わなくちゃと思う。しかし、野呂とふたりきりになれるまで覚えていられるかしら。

七重はメモ用紙に「エンピツと万年筆」と書いた。

「今、猫が十三匹いるんですけどね。いや、違う。一匹増えました。よぼよぼの白い猫です。あれ？　隠れちゃったかな」

七重は客人が帰らぬように、なんとか話をつなげようと思う。

「十四匹はね、限界を超えてますよ。いやもう、うちの先生の人の良さにはあきれます。あそこのあれ、本棚の上の、見てください。あれは、えーとあれはね、ランタン、ではなく、ランラン、ではなく」

「ラグドール?」

客人の声はやけにはっきりとしている。徐々に心を開いていくようで、七重はうれしい。

「ええ、そんな感じの種類の純血種らしいですよ。あの子ね、飼い主がふたりいたんです。同じマンションの四〇一号室と四〇三号室で、飼われていたんですよ」

客人は話に興味を持ったらしく、目がキラキラしている。七重はその目に勇気を得て、話し続ける。

「どっちの住人も自分の猫だと言いはってね、取り合いになって、問題がうちに持ち込まれたんですよ。ペットショップから買ったのはAさん、ベランダから入ってきたので飼い始めたのはBさん。うちの先生に依頼したのはCさん」

「え?」客人はわけがわからないという顔をした。

あらまあ、美男が驚いた。その反応に、七重はますます得意になる。

「Cさんは、AさんとBさんの間の部屋に住んでいて、つまり、四〇二号室の住人で、両家のあらそいがうるさくって、たまらないと言うんです。つまり部屋はAさん、Cさん、Bさんと並んでいるんです。あら、変ですね。順番が気持ち悪い。部屋に合わせてBとCを入れ替えましょうか？」

「いいえ、そのままで」

「依頼人のCさんは、AでもBでもどちらでもいいから、猫の所有者を決め、決着させてほしいということでした」

「それで？」

美男の声は少しずつ大きくなる。

「結局、Aさんがペットショップで払った値段の半額でBさんに譲るということになったんです。ところがその直後、Bさんの結婚が決まって、お相手が猫アレルギーと判明、結局Bさんは飼えなくなって。でもAさんはすでに別の猫を飼っていて、気の荒いシャムで、このランラン……」

「ラグドール」

「そう、それとは折り合いが悪くて、うちが引き取ったんです。名前がAさん宅では
スー、スー、なんでしたっけ」

「スーザン・サランドンです」

野呂は原材料問題が落着したようで、割り込んで来た。

「Bさん宅ではラスカルちゃんでしたね。顔がアライグマっぽいですからね。うちではまだ名前が決まってないんです」

七重は「そうだ」と手を打った。

「あなたの名前は何でしたっけ?」

「沢村……」

「じゃあ、この子、サワムラにしましょう。名前頂戴《ちょうだい》していいですか?」

沢村はとまどいながらも、小さくうなずいた。

七重は胸をはる。

「猫はね、いいんです。猫は許すとしましょう。亀もね、まあ、亀はやってきたためしがありませんが、つけもの石みたいなものですから、いいでしょう。ですが、やっかいな生きものはごめんです。百瀬先生ったら、いつでしたっけ、オウムを引き取って来たときは、わたし完全にキレました」

「あのときは七重さん、ストライキしましたもんね」

野呂はなつかしく思い出す。

七重は神妙に話す。

「妙な関西弁をしゃべるオウムでしてね。ジャカアシ、ドツイタルワイ、とかね。下品でしょう？　態度が悪すぎます。その上、猫と違って勝手気ままにトイレをするもんで、あれには参りました。せっかく書いた訴状も何枚かだめになったし、百瀬先生の頭の上にしたこともありましてね」

「ありましたねえ、見ものでした」

野呂はクスクスと思い出し笑いをする。

七重は怒りが再燃し、声に力がこもる。

「笑いごとではありません。先生は鳥の巣みたいな頭ですけども、鳥のトイレではありません！　わたし、あのオウムにはほんとうに頭に来ましたよ。オウムが永久にここにいるなら、いっそわたしがやめてやろうと考え、退職願も書いたんです」

「とかなんとか言って、七重さん、ちゃっかりオウム手当をもらってたじゃないですか」

野呂は七重をからかう。

「労働条件を改善するためにオウムを利用したんじゃないですか？」

「あらま、言いますね、野呂さん。わたしはそんなケチな人間じゃありません」

さきほどから客人沢村は何も言わない。やや顔色が悪く、うつむいている。

七重は応接室を見て、励《はげ》ますように言った。

「もうじきあっちは終わりますよ」

すると沢村はぼそぼそと何かつぶやいた。

「なんですか？」七重は耳を寄せた。

沢村は再びぼそぼそとしゃべった。

「すみませんでした」と言っているようだ。

七重は美男のつつましさに、たいへんいい気持ちになった。

「何を謝っているんです？　おかしな人ですね。安心してください。猫はオウムほど悪さをしませんから。どうかゆっくりしていってくださいよ」


百瀬は突然の来訪者と向き合っていた。

無個性で、潔《いさぎよ》いほど特徴がない男だ。年齢は百瀬より上に見え、ごく普通のサラリーマンというたたずまいで、顔にも声にも特徴がない。ただ、内側にくすぶる怒りのようなものを、百瀬は先ほどから感じている。

応接のテーブルには百瀬の名刺が一枚、置かれている。百瀬が置いたのではなく、相手が置いたのだ。

「娘の机の引き出しにありました」と男は言った。

「十歳の女の子の部屋に、弁護士の名刺。いったいどういうことですか？」

百瀬がどこから説明しようか迷っていると、男は責めるように言った。

「あなたは親の許可も得ず、未成年の娘と会っている」

「滝之上さんのおとうさんですね」と百瀬は確認した。

男は自分の名刺を出そうとはせず、百瀬の次の言葉を待っている。

「お嬢さんから何も聞いてらっしゃらないのですか」

「娘は今日学校へ行っている」

「良かった」

百瀬は心からほっとした。

「朝、会話をしないんですか」

滝之上はむっつりと黙ったままだ。

「娘さんがいないときに、机をのぞいて、素行《そこう》を調査しているんですか？」

百瀬の言葉に、滝之上は色をなした。

「素行調査とはなんだ！　親が子どもの机を覗くのは、心配だからだ。あなたいったいどんな家庭で育ったんですか」

百瀬は言葉に詰まった。

自分はどんな家庭で育ったのだろう？　七歳までは家庭があった。母は留守がちだった。父は初めからいなかった。家庭って言えるのだろうか？

そして母は、息子の机を覗くだろうか？　それほどまでに息子を気にかけただろうか？　もしそうされたとして、自分は傷つくだろうか？

わからない。実感がない。

「ごめんなさい」百瀬は謝った。「素行調査は、適切な言葉ではありませんね。しかし、悪い意味で言ったわけではありません。滝之上さんが娘さんを気にかけていることが、うれしかったので」

滝之上はおやっという顔をした。

百瀬は経緯を説明する。

「ご心配には及びません。わたしは三〇〇二号室の野口さんに、いなくなった猫の件で相談を受け、マンションにおじゃましてお話を伺ったんです。その時、お嬢さんの京子さんが野口さん宅にみえたんです。会話を交わし、猫がいなくなった時の実況見分《じつきようけん》のため、川沿いをふたりで歩きました。名刺はその時お渡ししました」

「京子が、お隣のうちに？　あのシンデレラシューズ社長宅に？」

「野口さんのご主人の会社名をよくご存知ですね」

百瀬は驚いた。

「野口さんは滝之上さんとは面識がないとおっしゃっていましたが」

「わたしは一介《いっかい》の公務員ですし、あちらはご存知ないでしょう。うちと違い、あちらは大きな会社の社長ですから、近所の人間は誰もが知ってますよ」と滝之上は言った。

「お嬢さんの部屋へ入られたのでしたら、猫を飼っていたことに気付きましたか？」

「猫を飼っていた？　京子が？　うちで？」

「ご存知ないのですか」

滝之上はしばらく考え込んでいたが、すっかり怒りは消え、とまどいの表情を見せている。

「今月の初め、学校からわたしの職場に連絡があったんだ。娘が学校を休んでいるって。しかし仕事が忙しく、すぐには帰宅できなかった。ヘルパーに連絡をとったが、娘はうちで普通に生活しており、変わった様子はないと言った。本日やっと家に帰れたが、京子はいなくて、ランドセルもない。学校に問い合わせたら、今日は登校しているという事だった。部屋は整頓されて変わった様子もなく、もちろん動物を飼っていた形跡もなかったし、ただ、この名刺だけが唯一の変化で」

「朝食も夕食も京子さんおひとりで召し上がっているんですか」

「栄養士と調理師免許を持った人間に料理を作らせている」

「作るだけでは、どれくらい食べたとか、残した量まではチェックできませんよね」

滝之上は吐き出すように言った。

「しかたないんだよ！　十年かけたプロジェクトなんだ。やっと山を迎えた。あと少しなんだ。この山を越えたら異動願を出す。毎晩七時には帰れる職場に変えてもらうつもりだ」

百瀬は滝之上の職業はなんなのだろうと思った。

「愛しているんだ」と滝之上は言った。

「京子は……良子《よしこ》が残してくれた唯一の宝だ」

「良子さん？」

「亡くなった妻は最後の最後まで、あの子のことばかり気にかけていた」

百瀬は京子がエリザベスに付けた最初の名前を思い出した。

「お時間をつくって、一度京子さんを病院に連れて行かれませんか」

「京子、どこか悪いのか！」

「緊急性はありませんが、軽い起立性調節障害《きりつせいちようせつしようがい》ではないかと思います」

「起立性？　障害？」

「内科か小児科、あるいは思春期外来で診てもらえば、日常生活の改善など、相談にのってくれると思います」

「良子は白血病《はつけつびよう》だった」

「白血病は遺伝しません。伝染もしません。そんなこと、とっくにご存知でしょう？京子さんは、猫のひっかき傷もすぐに治っていましたし、白血球は正常と思われます。その心配はないでしょう」

「良子は」と言って、滝之上は涙ぐんだ。

妻が亡くなったときのことを思い出したのだろう。

「ママは」という娘の問いに「空にいる」と答えた滝之上。自分自身もそう思いたかったのかもしれない。

「そんなに心配なさらなくても、起立性調節障害は、そう珍しいものではありません。思春期に強いストレスがかかると起こる症状で、軽いものでしたら、生活改善で治ります。京子さんはおかあさんを亡くされ、そのことをまだ整理できずにいます。

感受性が強いので、なおさらです。おとうさんが日常生活に寄り添うことができないならば、近所の人の協力を得て、みんなで京子さんを見守っていきましょう」

滝之上は百瀬を見た。そして照れくさそうに言った。

「わたしは父親失格ですね」

それからしばらく、静かな時間が流れた。年齢も立場も違う男ふたりが、それぞれに自分の家族のことを考えていた。

「わたしには父親がおりません」と百瀬は言った。

「母も事情があって、わたしを七歳の時に手放しました。わたしは他人に育てられましたが不幸ではありません。母の愛情は感じていますし、他人の愛情もたくさんいただきました」

「百瀬さん」

「京子さんにはこんなにいいお父さんがいるのですから、だいじょうぶですよ」


滝之上が帰り、代わりに入ってきた客人を見て、百瀬は叫んだ。

「透明人間さん！」

そう呼ばれて、沢村透明は恥ずかしそうにうつむいた。

七重はぴょんっと飛び上がるほど驚き、野呂に「どうしましょう？」と困った顔を見せた。野呂は「おわびに特上の珈琲をいれましょう」と言い、あわてて豆を買いに走った。

まさかあのタイハクオウム事件の張本人だとは知らず、野呂も七重も大慌てであった。

応接室で向き合うと、百瀬は満面の笑みを浮かべた。

目の前の美しい男は、沢村透明。テレビで人気の法律王子・二見純《ふたみじゅん》のパートナーだ。

昔は法律王子のゴーストをやっていた。天才的頭脳を持っているが、心の傷から長年引きこもっていた沢村は、ある事件をきっかけに百瀬と出会い、最後、タイハクオウムの杉山《すぎやま》を百瀬から託された。（注：『猫弁と透明人間』参照）

以後、沢村は少しずつ社会に馴染んでいき、今では資格をとり、堂々弁護士。二見法律事務所の二枚看板となっている。

「二見法律事務所は、青山《あおやま》から新橋《しんばし》に移転したそうですね」

「裁判所に近いので」

「ご活躍おめでとうございます」

「あれは……二見が……」

沢村はまだ話すのに慣れてないようだ。

「沢村さん、杉山はその後どうですか」

「あいつ最近、関西弁より英語を話します」

「英語を？　たとえば？」

「See you in the next life」

「ひょっとして、『ミッドナイト・ラン』ですか」

「ええ、ぼく、あの映画好きで」

「わたしも好きです。何度も見ました。ロバート・デ・ニーロ出演作ではベスト1だと思っています。See you in the next life. 来世で会おう。男同士の最高の会話ですよね」

百瀬は映画のラストシーンを思い出し、うっとりとした。

そんな百瀬を見て、沢村は言いたい言葉がのどまで出かかり、でも言えなくて、やっとの思いでこう言った。

「あのふたりの出会いくらい……」

「ええ」

「ぼくにとっても意味ある出会いでした」

すると百瀬は笑顔で答えた。

「杉山とうまくいっているようで、何よりです」

沢村は苦笑いをし、心の中でつぶやいた。「杉山ではなく、あなたとの出会いだ」

二十年ものひきこもり生活からひっぱり出してくれた。うるさいオウムを置いていくという、意表をつくやり方で。

「用ってわけじゃなくて」

「はい」

「挨拶に来ようと……」

「顔を見せてくれて、すごくうれしいです」

沢村はときどき押し黙る。おそらく裁判では、二見がしゃべる担当、沢村が戦略担当なのだろう。いいコンビだと百瀬は思う。

沢村はひきこもり始めたのが小五の時なので、しゃべりかたがどこか少年ぽい。

「さっきの男」

「出て行った人？」

「あいつ、公安だと思う」

「公安？」

「今話題の刑事事件」

「うちは民事ばかりなので、よく知らないけど」

「外事《がいじ》が挙げた国際スパイ」

「へえ」

「なかなか立件できなくて」

「そう」

「やっと別件で立件したんだけど」

「不起訴？」

「外事、くやしがってる」

「弁護士が優秀なのかな」

「日本語ペラペラのアメリカ人」

「国際弁護士か。それって実情は国と国の戦い？」

「たぶん」

「なぜさっきの男が公安警察の外事課だと思うの？」

「検察庁でよく会う。奴、その事件をしつこく追っている」

「そう」

「特徴を消しているし、会う度に別人に見える」

「顔を明かせない部署だからね。でもさすが、沢村さんにはわかるんですね」

「あいつに何か依頼されたんですか」

「いいや。うちは国際スパイとか、そういう依頼、まずないから」

「また猫ですか」

「三毛猫誘拐事件」

沢村はくすりと笑った。

百瀬はふと思い出した。

「そう言えば、このあいだ、へんてこなスパイもどきが来た。わたしの弟だと言って、ばればれの嘘をつき、ばればれの場所に盗聴器をしかけていった」

「なんですか、それ」

「最初は間抜けなスパイだと思ったんだけど、よく考えたら親切な奴なのかもしれない。何かを警告しにきたのかも」

「警告？」

「まだわからないけれども、これから先、うちの事務所は何かに巻き込まれるかもしれない。暴力団関係かな。ペット訴訟でなんどか暴力団相手に闘ってきたから。外事なんかが動くレベルとは全然違うけどね」

ものものしい話をしながらも、百瀬はおだやかな目をしている。

沢村は思った。菩薩《ぼさつ》のような目だと。

なぜ銀ぶちめがねなのだろう？　このめがねは彼らしくないが、彼らしさは損なわれていない。百瀬の個性はそのくせ毛のごとく、矯正《きょうせい》されようがないのだ。

百瀬は言った。

「こんなときは、家族がいなくてよかったと思う。危険な目に遭《あ》わせたくないからね」

「さっき事務の人から聞きました。結婚するって」

百瀬は一瞬だまった。それから自分に言い聞かせるようにこう言った。

「結婚したかったけど、やめたほうがいいかもしれないって思い始めてる」

「どうして？」

「わたしの思考は散らかっていて、身近な人を傷つける。家族ってものがわかってないし、相手を幸せにできるかどうか」

「生きていれば、誰かを傷つける。辛いことだけど、完全には避けられない」

「沢村さん」

「ぼくにそう言ってくれたのは百瀬先生です」

「そうだったね」

「先生、ぼくは思うんだけど。あの……」

沢村は必死に言葉を探し始めた。

百瀬は思った。このように必死に言葉を探す姿って、なんて美しいのだろうと。てきとうに見つけて、それらしく言うんじゃなくて、魂がこもっている。沢村が一生懸命見つけてくれた言葉がなんであれ、自分はそれを受け止めようと思った。

やがて沢村は言葉を見つけ、百瀬の目を見て、こう言った。

「先生が誰かを幸せにするんじゃなくて……」

「うん」

「先生といる人が、幸せになるんじゃないかな」

百瀬はその言葉に衝撃を受けた。

# 第五章　百瀬の卒業

百瀬法律事務所はエスプレッソの香ばしい香りにあふれている。

七重は「エンピツと万年筆」のメモを見ながら、なんだっけこれと首をひねっている。備品管理は七重の仕事だが、エンピツはまだあるし、万年筆は個人の持ち物で、備品リストに無い。

「たいへんおいしいです、野呂さん」

百瀬はデスクで珈琲をひとくちひとくち、大切に口に含む。

「奮発《ふんぱつ》して最高級の豆を買いましたからね」

野呂は胸をはる。

七重は、『じいちゃんは牛乳厳禁』と書かれた紙が貼ってある冷蔵庫から、賞味期限切れの牛乳を出し、せっかくの珈琲にどぼどぼ注ぐと、「豆を買ってくるのに一時間かかるなんて、どうかしてますよ」と文句を言った。

「透明人間さんが帰ったあとだなんて、意味がないじゃないですか」

七重にしてはめずらしく正論だ。

「でもおかげでこうしてわたしはおいしい珈琲をいただけます」

百瀬は野呂の行いに意味を持たせようとするが、七重は珈琲そのものに興味がないようだ。

「それにしてもいい男でしたね。法律王子のかっこよさとは違って、はかなげで」

七重は写真に撮っておけばよかったと後悔する。

百瀬は透明人間が訪ねてくれたこと、そして襟に弁護士バッジが光っていたことがうれしくてならない。最後に言われた言葉も宝物にしようと思う。

「いつか石森完太くんもここに戻ってきますかね」と野呂は言った。

七重は真新しいスケッチブックを手に取る。

ここに通っていた頃、チラシや、要らなくなったコピー用紙の裏に絵を描いているのを見て、こっそり買っておいたのだ。

渡せずじまいのプレゼント。野呂の珈琲を笑えない。

「落ち着いたら遊びに来てくれますよ」と百瀬は言った。

探していたエリザベスが完太のうちにいると言うので、あれから百瀬と京子はさっそく完太のうちに行った。

六畳一間の小さな一軒家に、エリザベスはいた。エリザベスだけではない、うようよと猫がいた。

京子は足がすくんで近づけずにいた。完太がエリザベスをそっと持ち上げ、京子の胸に抱かせた。エリザベスは落ち着き払い、抵抗しなかった。ここが家なのだ。

百瀬は世田谷猫屋敷を思い出した。

そことの違いは、家が小さいということ、小さいわりには整理整頓され、きちんと暮らしている。すべて完太がきりもりしていることに、百瀬は驚いた。

どの猫にも名前が付いていた。エリザベスは「アネキ」だ。

完太はこの状態を「猫弁になる修業」だと説明した。

夜中に鳴いていた野良猫にご飯を分けてあげたのがきっかけだったらしい。一年前は一匹だったが、その後、「ここはごはんをくれる場所」と野良猫界で評判になったようで、どんどん増えた。玄関には猫のトイレも用意されている。外の砂を段ボール箱に詰めたもので、排泄物はこまめに取り除き、水洗トイレに流していると言う。

「来るものこばまず、先生と同じでしょ」と胸をはる完太に、百瀬は返す言葉がなかった。

完太の父親はタクシーの運転手で、二日に一度寝に帰ってくるようなもので、母親は完太が言うには「ちょっとでかけてくる」と言って、留守中だ。

「でかけてくる」と言ったのは、どうやら三年も前のことらしい。

後生大事に被っている野球帽は、最後に母親と行った阪神対巨人戦、スタジアムの売店で買ってもらったのだそうだ。

七重はその話を百瀬から聞いた時、しばらく絶句していたが、やがて次のような感想を述べた。

「まあ、母親にだって、いろいろ事情があるものですよ」

七重は百瀬の母に対しても寛大《かんだい》だ。七歳で子どもを施設にいれた母を悪く言う人間はいっぱいいる。しかし七重は、「ずいぶん思い切ったことをするものですよ」と言っただけで、責めたりしない。七重自身は三人の子を産み、子どもが大きくなるまで専業主婦として家庭をきりもりしてきた。

「わたしだってたいした母親じゃありませんよ。三男が生まれたとき、産院のベッドで天井を見ながら、思ったんです。ああ、また男かって。女の子だったらよかったのにって。三男をなくした時ね、ばちが当たったんだと思いましたよ。せっかく子どもに恵まれたのに、一瞬にしろ、ああだこうだ贅沢を言って。母親なんてね、まあこんなものです。完全じゃありません」

完太は家事が完璧に身に付いている。母親がいたころから、やっていたフシがある。

野呂と七重は完太の発言を思い出した。

「兄ちゃんは家にずっといる。アネキは出歩くのが好きで、いっとき行方不明だったけど、こないだ戻って来た。じいちゃんはマイペース。ばばあは死んだ」

それらはすべて猫の名前であり、猫が家族だったのだ。野呂も七重も、完太の心の奥を見る思いがして、胸が詰まった。

野呂は「ランドセルが軽かったので、学校を休みがちだったのは気付いていました」と言った。七重も野呂も、完太が不登校であるとうすうす感じていたが、ここへ通うことで、大人の目が注げるし、自分から何かを言い出すまで、いつまでも待とうと考えていた。まさか家庭がそこまで崩壊しているとは思っていなかった。

完太が言うには、アネキはふいっといなくなったのだそうだ。ふいっといなくなる猫は多いので、気に止めていなかったと言う。

なにせ母親までいなくなったのだ。無理もない。

百瀬が想像するに、アネキは小柄なのでカラスにさらわれて河川敷まで持っていかれたのだろう。その後アネキはエリザベスとなったが、帰巣本能《きそうほんのう》で帰ってきたのだろう。

完太はアネキが戻ってきたとき、確信したという。母も同じようにふいに戻ってくるに違いないと。

完太の母親が消えたのは三年前。その数ヵ月後に、黄色いドアに貼り紙がされ始めたことになる。完太に自覚がなくても、大人へのSOSに違いない。

百瀬は胸が痛んだ。二年半もSOSに気付かなかった。

まずは、完太の父親に会いに勤務先を訪ねた。

東京都下にあるタクシー事業所。冷房がきかない仮眠室で話をしたが、かなり疲れている様子で、不規則な勤務形態の中、子どもの養育にまで手がまわらないようだった。

「施設に入れた方が、息子のためではないか」

顔をくしゃくしゃにしてそう言うのを聞いたとき、百瀬は自分の母を思い、何も言えなかった。

次に、完太の担任教師に報告した。担任は若い女性で、ひどく驚いていた。

「夕食は誰と食べているの」と尋ねても「じいちゃんとアネキ」と答えるし、服装もきちんとしているので、問題視していなかったという。欠席が多かったが、学校へ出てくるときは顔色も良いし、成績優秀、服装も乱れておらず、清潔なので、単なるさぼりだと思っていたようだ。心底そう思っていたのか、やっかいごとに蓋をしていたのかはわからない。

百瀬は完太とよく話し合った。

「おかあさんが帰ってきたとき、ぼくが家にいなくては」と言いはる完太を説き伏せるのは難しかった。母を思う気持ちは百瀬には痛いほどわかる。しかし、このまま小学生が実質一人暮らしを続けるのは無理があると百瀬は判断した。

父親や児童福祉課と相談し、完太を父親の姉、つまり伯母のうちに引き取ってもらうことにした。伯母は経済的にもゆとりがあり、人間的にも信頼できると百瀬は感じた。

「弟とは連絡が取れなくなっていたけど、甥の行く末を案じていた」と言い、できる限りのことはすると言ってくれた。伯母は未亡人で、子どもがいない。ふいに現れた守るべき命をとまどいつつも喜んでいるようだ。

親権は父親のまま、監護権を伯母に移し、転校等の手続きもすべて百瀬が行った。千葉なので、以前のように気軽に事務所に遊びに来てもらうのは難しいが、百瀬は時々会って様子をみるつもりだ。

心強いのは、思いがけないことだが、上安里の存在であった。

「あの少年には絵の才能がある」と言い、才能を伸ばしたいと言ってきかず、なんと月に二回、完太は千葉から上安里デザインに通うことになった。そこに京子も通い、ふたりで絵の勉強をするそうだ。

完太は上安里の申し出には素直に、というより、積極的に飛びついた。

百瀬は気付いた。完太は京子に恋をしているのだと。

家庭のことは解決したわけではないけれど、恋の力はなかなかのものらしく、千葉行きも、いやいやからいそいそに変化したようだ。

さて、完太のうちにいた猫だが、まこと動物病院の協力により、各方面に里親を募集、例によって、百瀬法律事務所にも一匹やってきた。十四匹目だ。

十八歳の「じいちゃん」。足元がおぼつかない白い猫である。

七重は「毎朝、死体になってるんじゃないかとびくびくですよ」と口さがないことを言う。

エリザベスは結局、野口美里が引き取ることとなった。

百瀬が珈琲を飲み終えると、野呂は七重と目配せしながら百瀬に近づき、そっと箱を差し出した。直方体だ。

なんだろう？

開けてみると、そこには粉々になったはずのめがねがあった。

「これは……」

百瀬が何も言えないでいると、七重がチラシを取り出した。猫砂特売のチラシの裏に、百瀬の似顔絵が描いてある。

「完太くん、先生の似顔絵をよく描いていたんです。これなんてもう、写真みたいでしょう？　くせ毛も丸めがねもそっくりですよ」

続きは野呂が話す。

「この似顔絵を手がかりに、全国のめがね屋さんに問い合わせて、最も近いデザインを取り寄せたんです」

百瀬は箱からめがねを出し、手に取った。

野呂は悔しそうに言う。

「昔のと違って若干フレームが軽いでしょう？　現在同じ材質では作れないそうです。そっくりそのままってわけにはいきませんが、かなり似てますよね」

百瀬は銀ぶちめがねをはずし、丸めがねをかけた。

「あ、百瀬太郎に戻った！」と七重が叫ぶ。

レンズに度が入ってないので、百瀬にはふたりが見えない。

ぼやぼやの相手は言った。

「わたしたちの気持ちです。よかったら使ってください」

百瀬はしばらく口がきけなかった。

しーんとした空気が事務所内に漂う。

やがて百瀬は震える声で「ありがとうございます」と言うと、銀ぶちめがねをかけ、「さっそくレンズを注文してきます」と言い、丸めがねを持って出て行った。

ドアが閉まり、野呂は不安げに七重を見た。

「余計なことでしたかね」

七重は「あたりまえです。余計なことです」と笑顔で言った。

「わたしたちにできることは、余計なことくらいですからね」

七重は百瀬が飲み終えた珈琲カップを手に取った。

野呂が「先生、泣きそうでしたよね」と言うと、七重は振り返り、きっぱりと言った。

「先生は泣きませんよ」

さらに力をこめてこう言った。

「おかあさんに会うまでは、先生は泣きません」

野呂はうなずき、鼻水をすすった。

百瀬法律事務所はすっかり日常を取り戻した。

七重はぶつぶつ言いつつも猫のトイレを掃除し、野呂は目をしょぼしょぼさせつつも、会計処理をし、百瀬はあいかわらずのくせ毛で、センスのない丸めがねをかけているし、十四匹という猫密度が高すぎる事務所で、猫たちは不平も言わず、呑気に暮らしている。

この事務所に入ったとたん、すべての生きとし生けるものは、闘争心をなくすのか、おだやかである。

百瀬はさきほどまで、ある会社の役員室にいた。珍しく猫以外の案件をもちかけられ、話を聞くこと二時間、やっと戻ってきたところだ。

「どうなりましたか」と野呂は興味津々、百瀬は「お話は伺いましたが、訴訟は起こしても勝てない旨、伝えておきました」と言った。

セレブ会員限定の結婚相談所を通じて知り合った男女が結婚した。そしてめでたく第一子が生まれた。うらやましい限りのゴールデンハッピーコースだと百瀬は思うが、もちろん私情をはさまずに相手の話を聞くのが弁護士の責務だ。

夫はわが子を見て、「妻には不倫相手がいる」と確信したと言う。なぜなら、子どもが夫にも妻にも似てないのだそうだ。

夫が妻を問いつめたところ、妻は不倫していないと言い張り、証拠としてある写真を見せた。見知らぬ女性が写っている。しかもわが子にそっくりだ。

「整形前のわたしの写真です」と妻は言った。

夫はショックを受け、百瀬を呼び出したという訳だ。

「結婚相談所を訴えたい」と言う。

「整形の事実を伏せて紹介された。産地を偽って牛肉を売るのと同じ、詐欺ではないか」

これが夫の言い分だ。

結婚相談所に確認したところ、「整形の事実など知らないし、知ったところで、プライバシー厳守なので、お相手には伝えない」と主張。当然である。

経歴詐称は、ふつう結婚相手を訴えるものだが、夫が妻を訴えると、結局自分が慰謝料を払うことになるから、あくまでも結婚相談所を訴えたいと夫は言う。

子どもはかわいいし、妻と別れる気はなく、ただその腹立たしさを誰かにぶつけたくて、標的が結婚相談所となってしまったらしい。

刑法第二百四十六条

一、人を欺いて財物《ざいぶつ》を交付させた者は、十年以下の懲役《ちょうえき》に処する。

二、前項の方法により、財産上不法の利益を得、又は他人にこれを得させた者も、同項と同様とする。

あくまでも刑法は「財物」としている。牛肉の産地偽装と、人間の過去の詐称は同列には語れない。ゆえに民事訴訟となるが、結婚相談所にいくばくかの和解金を払わせたとしても、弁護士を雇う金で足が出る。要するに、依頼人が釈然《しやくぜん》としない思いにけりを付けるための、ひと騒動《そうどう》だ。

ＩＴ企業の役員ともあろう人間が、子どもじみただだをこねていることに、百瀬はあきれるよりもむしろ、人間の根底を見るような気がした。

みんな自分の気持ちが第一優先なのだ。

夫は話すことでやや落ち着きをとりもどした。この手の依頼は時間が経つと「気が済む」というルートで解決に到る場合が経験上、七十パーセント。しばらく時間をとることにして、帰って来た。

言われるままに訴訟を起こせば、弁護士としては仕事が成立するが、夫婦の間にしこりが残るだろう。奥さんと子どもと、あたたかい家庭を築いてほしいと百瀬はせつに願う。


時間が来て、野呂や七重は帰った。

百瀬は作成しなければならない書類が山とあり、今夜は徹夜《てつや》の構えだ。

鞄を開けて書類を出そうとして、一枚の短冊が目に入る。アパートの部屋に飾ってあったもので、次郎が来たとき、見られないようにはずして鞄に隠したのだ。

『大福さんと結婚できますように』と書いてある。

次郎のようなあやしい人間に大福亜子の存在を知られたくないと思い、つきあっている女性は「いない」と言ってしまった。

百瀬は短冊をにぎりしめ、つぶやいた。

「大福さんと結婚できますように」

亜子と連絡がとれなくなって、一ヵ月が経とうとしている。

亜子の携帯に百瀬の着信履歴が九つ残っているはずである。かける気になったら、かけてくれるはずだし、今は口をききたくないのかもしれない。

ひょっとしたら、七夕の日、自分はふられたのかもしれない。

亜子の中ですでに百瀬は過去の男でしかなく、電話をかけ続けるのはいわゆる「ストーカー行為」にあたるのかもしれない。百瀬は着信履歴を十にするのをためらった。

幸いなことに、仕事が山とある。訴状等々、公文書《こうぶんしょ》を書くことに没頭した。

しばらくすると、カーテンが揺れたように感じた。窓を閉め忘れたかと思い、確認したが、閉まっている。疲れて目がぼんやりしているのかな。

百瀬は目を覚ますため、珈琲を入れようと、湯を沸かし始めた。

百瀬は湯を沸かす行為が好きだ。ポットではなく、一回一回わかす。自宅にはポットそのものがない。湯がこぽこぽという音が、疲れを癒してくれる。いつか妻という存在が自分にも現れて、湯をわかすこぽこぽを聞かせてくれるのだろうか。

「先生」

か細い声が聞こえた。驚いて振り返ると、女性が立っている。いつのまに入ってきたのだろう？　大きな瞳だ。

百瀬は「どちらさまですか」と尋ねた。

「新潟《にいがた》から来ました」

どちらさまという問いを、どこからと聴き取ったのだろうか。

時計を見ると八時だ。事務所を訪れる時間としておかしくはないが、面識は無いし、約束も入っていない。

百瀬はふと、こういうことが以前にもあったことを思い出す。そうだ、あのとき、世田谷猫屋敷事件の老猫《ろうびょう》タマオが人間の姿で現れ、サチ江さんの死を教えてくれた。

「また猫の霊だったりして」などと心の中で冗談を言いつつ、珈琲をふたついれ、低いテーブルに置く。

女性はすでにソファに座っている。髪が灰色に見える。なのに瞳はあやしく輝いて、年齢不詳だ。やはり猫かしらん。

座って女性と対峙したとたん、強烈な眠気に襲われた。まだ八時なのに変だ。このところエリザベス探しでろくに寝ていないからかもしれない。

女性の話の冒頭を聞き逃し、「噛《か》み癖《ぐせ》があったでしょう？」だけが耳に残った。

「噛み癖？」

「あちこちでトラブル起こして、ここにきたんですよね」

「………」

「おじいさんが引き取りたいって言ったとき、先生は言ったんです。まだこの子は若くて、元気が良すぎます。できましたらもっとおとなしい高齢の子をいかがですかって」

「君、ひょっとして」

「でもおじいさんは言いましたよね。この子がいいって。自分が死んだら姪に譲るからって。だからこの子をくださいって」

「シャーロット？」

「ええ、シャーロット。覚えていてくださって、うれしいわ」

百瀬はかつてここにいたロシアンブルーを思い出す。

「おじいさんはね、若くて元気な猫が欲しかったんですよ」

「あの……」

「おじいさんはもうせん、たくさんの人を看取《みと》ったの。ほんとうにたくさん。もう看取る役はごめんだったんです。だから、年寄り猫じゃだめなんです」

女性は珈琲をおいしそうに飲んだ。それから言った。

「おじいさん、亡くなりました。シャーロットは最後までよりそっていた。おじいさんはだから、しあわせでした」

「君は？」

「わたしもしあわせでした。しあわせってうつるでしょう？」

気がつくと女性は百瀬の横に座り、百瀬の手を握りしめた。ひんやりとして、猫の肉球みたいだと百瀬は思った。シャーロットに違いない。

「まだ君を救える？」

百瀬の問いに、女性は黙り込んだ。それからしばらくの時間、女性は何も言わなかった。百瀬は女性の瞳に吸い込まれそうになり、めまいがした。

「先生はおばかさんね」と言って女性は微笑んだ。

「わたしが先生を救ってあげる」

女性は百瀬の顔にふーっと息を吹きかけた。

百瀬は睡魔にのみ込まれ、崩れるようにソファで横になった。

「しあわせってうつる」

最後にか細い声が聞こえた。


「先生！　朝ですよ」

百瀬は七重の声で目を覚ました。ソファで寝てしまったらしい。手探りでめがねを探すと、ソファの下に落ちている。無傷、無事だ。

体のあちこちが痛い。テーブルには珈琲がふたりぶん。そして置き手紙が一枚。

『野崎《のざき》さわみです。柳谷次郎《やなぎやじろう》の姪です。シャーロットは元気です』と書いてある。

なんと、昨夜のあれは猫ではなく、人間だったのだ。わざわざ近況を伝えに来てくれたのに、途中で寝てしまった。失礼きわまりない。反省だ。

野呂はもうパソコンに向かっている。本日は土曜日だが、仕事が立て込んでおり、みな休日出勤している。

「あのロシアンブルー、ちゃんと姪御さんのところへ引き取られたんですね」

野呂は手紙を読んだようで、キーを叩きながらそう言った。

美しい猫で、名前はシャーロット。気が荒くて、引き取り手に苦慮《くりょ》していた。里親募集を始めて二ヵ月後、やさしそうな老紳士が名乗り出てくれた。ありがたいが、紳士が高齢だったので、若い猫を看取ることは難しいのではと心配していた。ちゃんと姪に引き取られたのだ。よかった。

でもあの、手を握られたのと、吹きかけられた息はなんだろう？

野崎さわみが手を握ったのだろうか？

婚約者がいる身で、浮気をしてしまった？

それともシャーロットが？

どこからどこまでが夢なのか、謎だ。

しあわせってうつる。その言葉だけがリアルに耳に残る。

七重が「これ、貼っておきますか？」と言うので、見ると、短冊を掲げてにやにや笑っている。百瀬は飛び起き、短冊を奪うと、びりっと破れてしまった。

『大福さんと結（切れ目）婚できますように』

不吉だ。

そのとたん、「おーす！」と白衣の美女が入って来た。獣医のまことだ。

「なんだ、猫弁、しけた顔して。いいニュースを持ってきたのに」

まことは威勢良く用件を述べた。

「いくらなんでも十四匹は過密状態。猫がストレスを感じるから、今すぐにでも減らすべき。今日、公民館で猫の譲渡会《じょうとかい》をやるから、三匹ほど連れて行く」

「まあ、助かります」

七重はどれにしようか、いそいそと猫をみつくろい始めた。猫たちは机の下や本棚の上に姿を隠す。ここの猫たちにとり、まことは「猫誘拐犯」である。その先にある幸福を想像できないから、しかたない。

野呂がまことに尋ねた。

「猫の譲渡会って、大福さんもいらっしゃるのですか?」

百瀬はどきっとした。

野呂は百瀬の葛藤《かっとう》など知らずに、しゃべり続ける。

「大福さん、先日挨拶にいらしたとき、おっしゃっていました。まこと先生のところの里親募集や譲渡会に、ボランティアで参加してるって」

「亜子ちゃんは今回来られないんだ」

まことは残念そうだ。

「今日は亜子ちゃんちでお見合いがあるから、準備で手が離せないみたい」

百瀬の胸がどっきんと鳴った。

「前に亜子ちゃんから相談を受けたんだけど、写真を見たら超イケメンで、たしかそう、プリンスってあだ名だとか言ってたっけ。新宿プリンスだっけ。いや違う、品川プリンスかな」

「お見合い？」百瀬の顔からさーっと血の気が引いた。

まことは驚いたようだ。

「あれ？　猫弁、聞いてない？」

気がついたら、百瀬はタクシーに乗っていた。

めったに乗らないタクシーに乗り、行き先を番地まで正確に伝え、続いて電話番号まで伝え、「そこまで必要ありません」と運転手に注意された。

降りる時、気付いた。財布を忘れた。名刺だけがポケットにあり、「すみませんが、ここへ戻って、往復料金を秘書の野呂さんに立て替えてもらってください」と言った。

気がついたら、大福家の門前にひとり立っていた。

深呼吸をし、ベルを押したが、反応はない。

おそるおそる中へ入ると、玄関は開いており、高級そうな男の靴が目に入った。

庭のほうから笑い声が聞こえる。


気がついたら、百瀬は庭にいた。

ガラス戸の向こうに、居間が見える。以前自分が挨拶をしに訪れた場所だ。

あのときと同じ場所に大福徹二が座っており、上機嫌で笑っている。あんな顔で笑うんだ。正面に身ぎれいな男が座って、なにやら楽しそうに話している。

品川プリンスだ。

その横に亜子が座っている。


気がついたら、百瀬は叫んでいた。

「大福さん！」

すると大福徹二、大福亜子、そしてお茶を運んでいる母の大福敏恵、居間に居るすべての「大福さん」が驚いたようにこちらを見た。ついでに品川プリンスも、こちらを見る。

　百瀬はかまわず叫んだ。

「大福さん！」

　百瀬の手は、勝手にガラス戸を叩いた。

　亜子が走って来てガラス戸を開けた。

　何か言おうとする亜子の手を百瀬は握った。


　気がついたら、百瀬は走っていた。

　手にはしっかり「だいじなもの」を握っている。

　誰にも渡さない。

　停車したバスに、百瀬は飛び乗った。

「お客さま、○×▼◆♪×○」

　運転手がマイクでなにやら言ったが、百瀬はだいじなものを握ったまま、後部座席に座った。

　気がついたら、百瀬はだいじなものと並んで、バスに揺られていた。

心は透き通り、あるのは満足感だけ。

満たされている。

ふと目を落とすと、だいじなひとの足が、妙だ。男性用のサンダルと女性用のサンダルを履いている。

父親と母親のサンダルだろう。

だいじな娘さんだけど、自分がもらってしまおう。

気がついたら、自分の心を優先していた。

生まれて初めての感覚だ。

自分を主人公だと感じる。

今まで百瀬は自分を壁紙だと感じていた。

人にとり、やさしい壁紙でありたいと思っていた。

今は違う。

初めて、まんなかにいる。

「百瀬さん」

心地よい声が聞こえる。この一ヵ月、ずっと聞きたかった声だ。

これから何を言われようと怖いものはない。亜子が人のお嫁さんになる恐怖に比べたら、叱られることなどなんでもないと思う。

「百瀬さん」

亜子の声は険しい。続いて、畳み掛けるように話す。

「以前、『卒業』という映画について、会話をしたのを覚えていますか？」

「はい、覚えています」

「百瀬さんが結婚相談所の会員だった時のことです。あの映画のような情熱をお相手に対して持つようにとアドバイスしたら、百瀬さんはこう反論しました。あのあとふたりはうまくいかないと思いますよ。つい派手なことやっちゃったけど、どうしようって困惑が、ふたりの顔に表れていたと」

「わたしは今、困惑などしておりません」

百瀬はきっぱりと言い、胸をはった。

「大福さんはわたしの婚約者です。ほかの人との見合いを阻止し、こうして連れ去るのは、婚約者として正当な行いです」

「百瀬さん」

「大福さんはわたしと結婚する人です！」

百瀬は力んだ。バスの乗客が振り返ってこちらを見る。

百瀬は誇らしい気持ちで「結婚する人です」と念を押した。

すると亜子はくすくすくすくす、笑い始めた。

「あれはわたしのお見合いではありません」

「え？」

「わたしは百瀬さんの婚約者です。お見合いするわけないじゃないですか」

「え？」

亜子はおもしろくてしかたないというように、くくくくくと笑い続ける。

百瀬の頭はまっ白になった。

亜子はどうにか笑いを抑えると、説明した。

「高校の同窓生の赤坂くん、海外赴任《ふにん》が決まったんです。赴任先が僻地《へきち》なんですよ。しかも三年は帰って来られない。外交的にも妻帯者が適任と上司に言われて、お相手を探しているんです」

百瀬は品川ではなく、赤坂プリンスなのだと知った。

「結婚相談所に勤めているわたしを頼ってきたのです。そう急に言われても、なかなかいいお相手が見つからなくて、会員を紹介するわけにもいかず、同僚の春美ちゃんに相談したら、引き受けてくれて」

「寿さんが？」

「うちでふたりがお見合いをすることになったんです」

「ええっ？」

「父の横に春美ちゃんがいたんですよ。わたしが成人式に着た振り袖を着てもらったの」

「そうなんですか」

「こんな格好でお見合いなんてしません」

見ると、亜子はこざっぱりとした紺のポロシャツに、ベージュのパンツ。主人公の春美に配慮して、そうとう抑えた服装だ。

百瀬は顔から血の気が引く思いがした。本日二度目の顔面蒼白《そうはく》だ。

「すみません……」

百瀬はうなだれた。

自分は主人公の器ではない。壁紙だ。しかもできの悪い壁紙で、人に不快感を与える粗悪品《そあくひん》だ。

「わたしはとんでもないことを」

ところが亜子は笑顔だ。

「だいじょうぶです。もともと成立するわけがないお見合いなんですから」

「そうなんですか?」

「ふたりともいい加減なんですよ。赤坂くんはとりあえず三年間妻でいてくれればいいって言うし、春美ちゃんは、会社をやめることになったんで、とりあえず居場所を探したいって言うし。とりあえずとりあえずって、そんないい加減な気持ちで結婚が成立するわけがないでしょう?」

「はあ」

「お見合いしてみれば、それぞれ痛感すると思うんですよ。結婚という重要な課題をちゃちゃっと決めようという、自分のあさはかさに」

「はあ」

「ふたりにとって勉強会です、あれは」

亜子はきっぱりと言った。

そのあと「わたしも人のこと言えないんですけどね」と恥ずかしそうに笑った。

「結婚式とか、籍とか、はり切ってしまって、ごめんなさい。ついイベントに目がくらんでしまい、反省しています。百瀬さんと人生を共にする。わたしの夢の本質はそこでした」

「大福さん」

「わたし、ぶれていました。でも意識を改革しましたよ。ちょっと時間かかったけど、もう平気です。式も籍も、気にしません。だってわたしたち、もうとっくに」

「とっくに？」

「一緒に歩き始めているんですから」

百瀬ははっとし、握っている手を見た。こうして握りしめる相手がいる。なんてありがたいことだろう。

「父のことですけど」と亜子は言った。

「父がなぜ百瀬さんを嫌うのか、わたし気付いたんです」

「どこがいけないんですか？」

「わたしが百瀬さんを好きだからです」

「え？」

「わたしが百瀬さんをすごく好きだから、やきもちやいているんですよ」

亜子は確信を持ってそう言い、くすっと笑った。

百瀬は今自分が天国にいると感じた。

体がふわっとする。うれしすぎて死んだかもしれない。

昨日の出来事を思い出す。しあわせがうつる。あれ、本当のことかもしれない。シャーロットもきっと幸せなんだ。

「式を挙げます」と百瀬は言った。

「籍も入れましょう」と百瀬は言った。

紋付袴《もんつきはかま》も着るし、大福太郎にだってなる。

変わろう。百瀬は決心した。

「ほんとうに?」

亜子の頬がうれしさで桃色になった。

「ええ、式だって籍だって、なんだって、どんどんします」

百瀬は胸を張った。

「どんどん結婚を進めていきましょう」

ふたりはしあわせだった。

互いに金を一銭も持っておらず、終点で運転手に怒られて一筆書かされている間も、ふたりのしあわせは少しも陰ることはなかった。

ウエイターの梶佑介はアイスミルクティーとアイスココアを作っていた。ショートケーキにアイスココアを注文するなんて、あまったるくて気持ち悪いと思いつつも、注文内容に意見する立場ではないし、体型を見るとまあ、そういうことかとも思うし、とにかくせっせと作り、さっさと運んだ。

「やった！」

生クリームたっぷりのショートケーキに、春美は目を輝かせた。

「ごちそうになります」

「お見合いしてくれてありがとう」

亜子は微笑んだ。

赤坂から見合いを頼まれて困っていると、見かねた春美が「ひとり紹介したら、亜子先輩の責任は果たせるでしょ？」と買って出てくれた。

あの見合いから一週間。赤坂からぱったり電話が来ない。春美の言う通り一度の見合いでお役御免なのだと思い、ほっとしている。

春美は色あざやかな苺を指でつまんで口に入れた。

亜子はつぶやく。

「最近会社の昼休みがさびしいわ。春美ちゃんがいなくて」

「有給休暇消化中ですけど、お昼だけ遊びに行きましょうか」

「来て来て」

「いやですよ。くびになった会社にのこのこ行けません」

「どうするの？　これから」

亜子の質問に答えず、春美は黙ってケーキを食べ続ける。

亜子は春美の行く末が心配でならない。四国の実家へ帰ってしまえば、安心ではあるけど、気軽に会えなくなるのは寂しいし。

「二週間後が正式な退職日よね。それから四ヵ月は失業給付があるけど、その後の計画はあるの？」

春美はショートケーキを完食し、ストローでちゅうちゅうココアを飲む。

「ケーキとココアって最高」と言い、亜子をからかうように見つめる。

「猫弁の卒業さわぎ。あのあと、たいへんでしたよ」

「あー……あれね」

「おとうさんはカンカンだし、赤坂さんは誘拐犯だって、警察に通報しようとするし」

「そうよねえ」

「いっそ通報して逮捕されたら面白いと思ったんですけど、おかあさんがとめて」

「やあねえ、春美ちゃん」

「あれはきっと愛なんです、とか叫んでましたよ、おかあさん」

「そう……」

「きっとがふるってますよね」春美は思い出し笑いをした。

亜子はためいきをつく。

あの晩、徹二は亜子にこんこんと説教し、「二度と会うんじゃない」をくり返したし、しばらく怒りがおさまりそうにない。

しかし亜子は百瀬のあの必死さが意外で、すごくうれしく、今でも手のぬくもりが忘れられない。愛されていると感じた。初めてだ。百瀬の誠実さを感じる機会はうんざりするほどあるけれど、愛を感じるのは初めてだと言っていい。

今後もたまにでいい、愛を感じたい。

亜子はつい、にやけてしまい、春美はそんな亜子を見て、微笑んだ。

そして、言った。

「先輩、わたし結婚します」

「え？」

「赤坂さんと結婚します」

亜子は絶句した。

春美が、赤坂と？

春美は大切な友だちだ。赤坂は信用のおける人間だ。しかしこのとりあわせはどう考えても「ありえない」と思ってしまう。

「自暴自棄になってない？」亜子はおそるおそる聞く。

「春美ちゃん、結婚には夢を持てないって言ってたよね。起業の夢とか、いいの？」

「結婚には夢を持っていません。だから、決めたんです」

「どういうこと？」

「わたし、お見合いしたその日の夜に、秋田の靴屋さんに電話したんです」

「三千代《みちよ》さん？」

「ええ。あのひと、靴磨きから始めて、腕一本で、シンデレラシューズという大きな会社を作った超パワフルウーマンでしょう？　わたしにとって希望の星なんですよ。

起業家の精神論とか、考える秘訣《ひけつ》を学ぼうと思って、ときどき電話してるんですけどね、見合いをしたと言ったら、即、結婚してみろと言うんです」

「三千代さんが？」

「しかも、こう言うんです。もし相手に経済力があるなら、専業主婦をやってごらんって。いいか、専業主婦ってのは頭を使う職業だ。バランス感覚や忍耐力もいる。ほかのことは考えず、まずは三年、修業と思ってやってごらん。みごとに平和な家庭を維持できたら、起業家としての素質充分、その時わたしが生きてたら、専属アドバイザーになってやろう、って言ったんです！」

「へえー」

「三年って、ちょうど赤坂さんの海外赴任の任期なんです。縁だと思いました」

「そうねえ、たしか三年って赤坂くん言ってたね」

「で、翌日赤坂さんにメールで『わたしはOKです』って送ったんです。そしたらむこうがあわてて、もう一度会ってからって言うので、すぐに会ったんですよ。大福誘拐さわぎで、わたしのことをろくに観察できなかったんですって」

「会って、話し合えた？」

「試験だったんですよ。まず、英語できますかと聞かれました。ほら、わたし、起業の準備として、英語と中国語を勉強してたじゃないですか。二ヵ国語で、『できますよ』と答えたら、発音がいいってびっくりしてましたよ。それから胃腸が丈夫かきかれて、僻地ですからね、水がちょっとあんまりなんですって。そこで言いました。『見ればわかりますよね、丈夫です』と、しつこく英語と中国語で答えましたよ。『賞味期限切れの牛乳は二週間までだいじょうぶ』と、具体的にアピールしました。それから国際関係の展望なんかもしゃべってですね。経済新聞読んでますから。なんか、今までの勉強、全部この日のためだったかしらと思うくらい、うまくいっちゃってですね。すると赤坂さん、条件に合うし、ひとまず結婚しましょうかって言い出したんです」

「まあ！」

「笑っちゃうでしょう？　高卒のわたしが外交官夫人試験にパスしたんです」

亜子は喜んでいいのかどうかあやふやな気持ちだ。いくら結婚に夢がないと言っても、春美は女だ。「条件に合うから、結婚しよう」という赤坂のビジネスライクな申し出で、寂しくないのだろうか？

春美はにっこり笑った。

「わたしと赤坂さん、育ちも違うし、彼はイケメン特有のやけに堂々とした態度が鼻につきますしね、お互い好みのタイプではないんです。でもね、共通点があるんですよ」

「共通点？」

亜子は赤坂の言葉を思い出す。「男と女は違うって認識していれば、小さな共通点でもうれしくなれる」と言ってたっけ。

「わたしたち、共通点がふたつ、あるんです」

「ふたつ？」

「まずは、結婚に夢を持ってない」

「えー。なんだか寂しいわねえ。ふたつめは？」

春美はにこっと笑った。

「亜子先輩のこと、好きなんです」

「え？」

「わたしたちふたりとも、亜子先輩のこと好きなんです」

亜子は驚いた。

「わたしね、猫弁が卒業したとき、すぐにわかりました。赤坂さん本当は亜子先輩を赴任先へ連れて行きたかったんだなって。その時、わたし、思った。亜子先輩を好きな人なら、信頼できるかもって」

亜子は何も言えず、春美だけがしゃべり続ける。

「ナイス結婚相談所に入社したとき、周囲になかなかなじめなくて、居心地悪かったんですよ。わたしだけが地方出身で、高卒で、浮いてましたから。東京でランチする場所も知らないし。そんなとき、亜子先輩、ロッカー室でひとりで食べてるわたしのために、自分もお弁当持ってくるようになったでしょう？　一緒に食べようって言ってくれたじゃないですか。あれ、かなり……助かったんですよ」

「春美ちゃん」

「赤坂さんもわたしも亜子先輩が好き。同じ人を好きってことは、価値観の一致でしょう？　離婚原因のトップは価値観の不一致ですからね。だいじょうぶです、わたしたち。なんとか三年間は保つでしょう」

亜子はこのわけのわからぬ理屈に、胸がいっぱいになった。なぜか涙まで出てしまう。

春美ちゃんはすごい。やっぱり、すごい。

「もう……わたしより先に結婚するだなんて」とハンカチで目をおさえた。それから顔を上げ、「おめでとう。赤坂くんは素敵な人よ。とってもうらやましいわ」と言った。

春美は目を真っ赤にして言った。

「おほほ、お先にごめんあそばせ」

百瀬は感心していた。

エリザベスを抱いてソファに座っている京子は、シルビーヌ・アイザッハ・シュシュを抱く野口美里にそっくりだ。堂々として血色が良く、自信に満ちあふれている。たとえ血がつながっていなくても、毎日顔を合わせていると、だんだん家族みたいになってくるのだろう。

薄茶色の髪は顎《あご》のラインで切りそろえられ、前髪は下ろしている。美里の行きつけの美容院おすすめのスタイルだそうだ。

父親の異動願が受け入れられるまで、京子は朝晩、野口家で食事をすることとなった。父・滝之上が菓子折りを持って美里に頭を下げ、美里は喜んで引き受けたという。

本日は「いかにわたくしたちが順調に暮らしているか、見にいらっしゃいませよ」という美里のお誘いがあり、百瀬は野口家を訪問した。

夕食のお呼ばれだ。

美里はキッチンでなにやら格闘中で、リビングには百瀬と京子、エリザベスとシュシュがくつろいでいる。京子のリクエストで、モーツァルトのメヌエットがバックミュージックだ。

京子は自力で上安里デザインまでたどりつき、完太の絵の力で、エリザベスにたどりついた。少女探偵と少年画家の力で事件は解決した。めでたしめでたしだ。

そして上安里だが、その後、例の教え子から現金書留《かきとめ》が届いたそうだ。『先生、ごめん、実は留守中、売り上げを勝手に借りてしまった』という手紙と共に、二万五千円が入っていたらしい。『五百万はもうちょっと待ってください』と書いてあったという。住所の記載があったので、いきなり訪ねて行き、「身代金を請求したのはお前か」と問いつめたところ、「え？　うそ！　本気にしたの？　あのおばさん」と驚いていたそうだ。

真面目な人間をからかうことがどんなに罪深いか、こんこんと説教したという。

教え子は現在ペンキ塗りのアルバイトをしているそうで、おつきあいしている女性もいて、結婚も考えているらしい。前歯が欠けていたので、「それではご両親への挨拶に差し支える。差し歯を作りなさい」と数万円渡してきたそうだ。

「まだ真人間にはほど遠いが、更生《こうせい》のきざしが見えた」と上安里は教え子の未来を楽観的に考えている。


百瀬は小声で京子に尋ねた。

「いつもごはんおいしい？」

京子は「和食とフランス料理と中華は上手だけど、トルコ料理は失敗してたよ」と正直に答えた。さらに「夕方ふたりで散歩も行くんだ」と言った。

父の滝之上は娘の症状と医者からのアドバイスを美里に伝えた。それを受け、美里は食事のバランスや適度な運動の必要性を考え、あれこれやってくれているようだ。

「地域猫管理協会にも入ったの」と京子は言う。

「野口さんが？」

「エリザベスのような迷い猫を管理するおばさんたちと、いろいろ始めてる」

「そう、野口さんが……へえ」

「ジャージ着て、病気の猫追いかけて、病院に連れて行ったりしてるよ」

「そうなんだ。たのもしいね」

「あのひと、すごいよ」

京子は美里が誇らしいようだ。母親が病弱だったので、美里のたくましさに敬服《けいふく》しているのだろう。

「一度なんか、猫追いかけてる時に、ばったり社長さんに会って」

「野口さんのご主人？」

「そう。社長さん、その靴はうちの会社のじゃないって怒り出して、道でけんかしてた」

「そう」

「しばらくしたらもっといい感じのスニーカー履いてた」

「ご主人からのプレゼントだね」

「わたしももらったんだよ。水色のおそろい」

「そう、よかったね」

「空の色だよ」

空。京子は今母親がどこにいると思っているのだろうか。百瀬は尋ねることはしなかった。

「京子ちゃん！　ちょっと手伝ってくれる？」

美里が呼ぶので、京子は立って行く。

百瀬は「これこそ家庭の感じだ」とあたたかい気持ちになった。

が、次の瞬間、凍り付く。

美里は生きた蛸《たこ》と格闘しており、左手であばれる蛸をむんずと押さえ付け、右手に鋭い包丁を握っている。

「野口さん！」

「あら、先生、男は必要ないの。京子ちゃん、蛸をしめたら、塩でもむから、今のうちに手を洗っておきなさい」

「野口さん、待って！」

美里は正しい方法で蛸をしめた。つまり、先が鋭くとがった包丁で、蛸の眉間《みけん》をぶすりと刺した。

そう、刺したのだ！

蛸の生命力はたくましく、それだけでは動きを止めない。

次に美里は、蛸の頭の付け根に軽く包丁を入れて、頭をぐるっと内臓ごと裏返し

た、
た！

百瀬は京子を見た。京子はびっくりした顔でうごめく蛸を見ている。

ああ、どうしよう？　百瀬は髪をかきむしった。

そんな手の込んだ料理、しなくていいのに！

「京子ちゃん、ほら、手を洗って！」と美里は叫ぶ。

京子ははっとして、うごめく蛸の横で手を洗った。それからなんと、京子は美里と一緒に蛸を塩揉みした。

「ほらね、吸盤が吸い付くでしょう？　いきのいい証拠よ」

美里は楽しそうにしゃべりながら、どんどん料理を進める。若い頃にしっかりと料理を学んだのだろう、手際がいい。その横で京子は一生懸命、料理を手伝う。

小さな命がどうとか、考える暇もないようだ。

その後、夕食に出された蛸の天ぷらを京子がおいしそうに食べるのを見て、百瀬は心からほっとした。

もうだいじょうぶだ。彼女は卒業した。少女探偵から電話がかかることは二度と無いだろう。

食後は京子がホットミルクをいれてくれた。

「チラシ屋さんが作り方を教えてくれたんだ」と言う。

「これあまくておいしいね」と百瀬が言うと、「お砂糖をひとつまみ入れるだけなんだよ」と京子は言った。「絵の勉強のとき、三人で飲むよ」

百瀬は、野口家のリビングに飾られている一枚の絵を見た。チラシの裏に完太が描いたエリザベスの似顔絵が、大切そうに額縁に入れて飾られている。

美里はホットミルクを飲みながら、絵を見て微笑んだ。

「五百万払わずにエリザベスを取り返せたんですからね。この絵には五百万の価値がありますわ」


その帰り、百瀬は河川敷を通って帰った。川風が涼しい。

結婚相談所を訴えると騒いでいたＩＴ企業の役員は、やはり依頼を取り下げた。きっかけは、赤ちゃんの寝返り。あまりにうれしくて、ほかのことはどうでもよくなったと言う。

みな卒業して行くのだと思いつつも、百瀬は暗い河川敷から目が離せない。

エリザベスは見つかったのに、つい三毛猫を探してしまう自分がいる。連日探していたから、もう癖になっている。

動物愛護センターに依頼した「三毛猫が持ち込まれたら連絡を」は、取り下げてない。持ち込まれるたびに連絡をもらい、うちでひきとり、里親を探そうと思う。いずれは殺処分というシステムそのものをこの国からなくしたい。

百瀬は足を止め、川面に映る三日月を見つめた。

完太を伯母の家に送り届けた夜も、三日月が美しかった。

身の回りのものを詰めたリュックを背負った完太は、野球帽を目深に被り、無言で歩く。その横で、百瀬はランドセルを抱えて歩いた。

夜道をふたりで歩きながら、三十三年前、母と歩いた土手を思い出した。あの時の自分と完太を重ね、かける言葉を必死で探した。

「おかあさんは必ず探し出すからね」

すると完太は百瀬を見上げ、微妙な顔をした。最後まで「探し出して」とは言わなかった。

そこは風情のある日本家屋で、玄関で出迎えた伯母に、完太は緊張気味に頭を下げた。

その途端、奥からまっ白なポメラニアンが走り出てきて、いきなり完太に向かってきゃんきゃん吠え始めた。大騒ぎだ。あろうことか、おしっこをしながら、しっぽをぶんぶん振っている。

驚く完太に、伯母は困ったように微笑んだ。

「ごめんなさいね。この子、うれしすぎると、おもらししてしまうの」

完太の表情がぱっと明るくなった。

百瀬がランドセルを渡すと、完太はようやく口をきいた。

「じいちゃんは牛乳が苦手なんだ」

「わかった」と百瀬は言った。「じいちゃんには牛乳をあげないよ」

完太は首をかしげた。

「七重さんは忘れんぼうだからな」

完太はランドセルからノートを出して一枚破り、床に這いつくばって、えんぴつで『じいちゃんは牛乳厳禁』と書き、そのそばに猫のイラストを描いて、百瀬に渡した。あいかわらず達筆だ。絵もうまい。

「事務所の冷蔵庫に貼っておいて」

「わかった。貼っておくよ」

これが完太との最後の会話だ。

百瀬は川に映る三日月を見ながら考えた。

完太はじいちゃんを看取ることはできない。母親が帰ってきた時、「おかえりなさい」を言うこともできない。

自分がしたことは、完太にとって余計なお世話だったのかもしれない。

おそらく完太は、母を見つけて欲しいのではなく、あの家で母を待っていたかったのだ。

卒業って、何だろう?

母がいるとかいないとか、そういうことではなく……むしろそういうことから、解放されることではないだろうか。

百瀬の心はしん、とした。完太と自分、どちらが先に卒業するのだろう?

百瀬が自宅アパートに戻ってくると、階段の下に、何かうごめくものがいた。声をかけると、大家の梅園だ。一瞬、老人に見えた。大家も歳をとったのだ。

「今帰りか。ちょっと虫食いがあったもんで」

梅園はりんごの木の手入れをしているらしい。

「殺虫剤《さっちゅうざい》ですか?」

「いや、葉っぱのほこりを取り除いてた。最近雨が少ないから、ほこりがつくんだ。

すると光合成もうまくいかんし、虫も食いにくかろうと思ってな」

「虫？」

「このりんごの木、実はならんが、葉っぱで青虫やら芋虫《いもむし》の腹を満たしている。毎年、ここから蝶や蛾がたくさん巣立っていくんだ」

「みんな卒業するんですね」

「あんたもそろそろ卒業したらどうかね」

「はあ」

「百瀬さん、実はね、このアパート近々取り壊そうと思う」

「えっ？」

「できるだけ早く出て行って欲しいんだ」

「あの」

「なるべく平和的にさ、結婚であんたが出て行く。そういうのを待っていたんだが、あんたは呑気に哲学なんぞやってて動かないし、こっちもね、固定資産税もばかにならんし、土地建物を整理する必要があるんだ」

「何かあったんですか」

「息子と一緒に故郷に帰ろうと思ってね」

「息子さん？」

「二〇四号室のいるかいないかわからん男、あれわたしの息子なんだ」

百瀬ははっとした。

二〇四号室。黒い帽子をかぶって、ときどき自転車ででかける。顔は見たことがない。一ヵ月くらい帰らないこともよくある。たたずまいから、公園で寝起きすることもあるような、そんな感じだ。

梅園は言う。

「あんたのようにできはよくない。なにをやっても続かない。まあ、かくいうわたしだってたいした親じゃない。ずいぶん昔に妻を亡くしてね、一歳のあいつをひとりで育てる自信がなくて、里子に出した。裕福な家だったが、なんかしらん、合わなかったようだ。まあ、そういう罪悪感もあってね。屋根くらいは用意してやろうと、親というのを伏せて、アパートを安く貸してやった。すぐに家賃を滞納するようになったが、催促せず、ただで住まわせていた。あいつも気付いていたんだろう。社会へ出て行かないのも、お前のせいでこうなったと、わたしを責めているのかもしれん」

「梅園さん」

「あいつ最近、ちょっと大きな借金をこさえてね」

「ご事情を伺います」

「せっかくだがあんたの世話にはならんよ」

「……………」

「人生で一度くらい親らしいことをしてやりたいしね。借金はわたしが完済することにした。土地建物すべて処分して、親子で熊本で暮らす」

梅園の顔は、妙にすっきりしている。息子の失敗を不幸に終わらせることなく、幸せにつなげようと思っているようだ。

言葉を探したが、うまく見つからず、「中学の同窓会が楽しみですね」と言ってみた。

梅園はニッと笑い、「やってなかったら、自分で企画してみるさ」と言った。

百瀬はもう少し何かを言いたかった。が、さびしい気持ちに支配され、うまく見つけられない。大家はずっとここにいて、アパートはずっとここにある。たとえ自分が出て行ったとしても、残っている。今までそんな甘えがあった。

「ボロはもうあんたの部屋にいるよ」

梅園はテヌーをボロと呼ぶ。また勝手に鍵を開けて、中に入れたのだろう。

「おやすみなさい」と挨拶して、部屋へ戻った。

テヌーにごはんをあげたが、梅園からたっぷりもらったあとのようで、見向きもせず、百瀬の膝の上に乗ってきた。

郵便受けに投函《とうかん》されていた手紙を開封し、テヌーの喉《のど》のごろごろという音を聞きながら、読む。

突然のお手紙失礼いたします。亜子の母の敏恵です。

亜子とあなたさまの結婚につきまして、ひとこと申し上げたくて筆をとりました。

夫が結婚に反対しているのはご存知と思います。

先日はあんなこともありましたし、ますますあなたに腹を立てたようで、今後も納得するかどうか、わたくしにはわかりません。

ただひとつ、申し上げておきたいことがございます。

籍のことです。

わたくしは若い頃に病を得たため、亜子ひとりさずかったのも奇跡のようで、次の子どもは望めませんでした。

ひとつぶだねの亜子を大切に育てながら、よく夫と話したものです。

この子は秀才ではないし、押しが弱いところがあるから、エリートにはなれないし、芸術家になるのも無理だろう。でも素直でとてもやさしい子だから、きっと結婚したらかわいいお嫁さんになるだろう。

お笑いになりますでしょう？

親はとても長い時間子どもと過ごすので、他人が聞いたら笑ってしまうようなこともあれやこれや想像するものです。

夫はよく申しておりました。もしも将来この子によいお相手が見つかったら、たとえ長男だとしても、外国人だとしても、籍のことはこだわらずに、こころよく嫁に出してやろうと。うちの籍から抜けても、亜子がわたくしどもの娘であることになんら変わりないのだからと。

わたくしも全く同じ気持ちでございます。

百瀬さんがわたくしどもの籍についてお気遣いされているかもと思い、いらぬことかと思いましたが、ここに記します。

追伸　この手紙は夫にも亜子にも内緒ですよ。返信は絶対にお断りです。

読み終えると、百瀬はそれを丁寧に畳んで封筒に戻し、文机《ふづくえ》の引き出しにしまった。

代わりに引き出しからまるまったハンカチを取り出す。開くと、祖父のめがねの残《ざん》骸《がい》がある。

砕け散った黒いセルロイド。独特の風合いだ。量産が難しい素材で、現在のフレームはほとんどがアセテートだ。黒い破片に砕けたレンズがザラメのように混じり、裸電球のたよりない光で、きらきらと輝いている。きれいだ。

百瀬はしばらく見つめていたが、やがてそれを不燃ゴミの袋へ捨てた。

窓を開け、夜空を見上げる。

星がちかちかと、笑っているみたいに、にぎやかだ。

泣いているように見える日もあるのに、今夜はあの星も、この星も、みんなみんな、楽しそう。

携帯が鳴った。やっかいな相手からだ。通話ボタンを押す前に、再び夜空を見上げ、深く息を吸う。

百瀬は思った。
明日は晴れる。

本書は二〇一三年八月に小社より刊行されました。

|著者| 大山淳子　東京都出身。2006年、『三日月夜話』で城戸賞入選。2008年、『通夜女《つやめ》』で函館港イルミナシオン映画祭シナリオ大賞グランプリ。2011年、『猫弁　死体の身代金』でTBS・講談社第3回ドラマ原作大賞を受賞し作家デビュー。受賞作は『猫弁　天才百瀬とやっかいな依頼人たち』と改題されて書籍化、TBSでドラマ化された。著書に『猫弁と透明人間』『猫弁と指輪物語』『猫弁と魔女裁判』『雪猫』(以上、講談社文庫)、『イーヨくんの結婚生活』『分解日記　光二郎備忘ファイル』(ともに講談社)、『あずかりやさん』(ポプラ文庫)、『猫は抱くもの』(キノブックス)などがある。

猫弁《ねこべん》と少女探偵《しょうじょたんてい》

大山淳子《おおやまじゅんこ》



2015年2月13日第1刷発行
2015年11月11日第4刷発行

発行者――鈴木　哲
発行所――株式会社　講談社
東京都文京区音羽2-12-21　〒112-8001
電話　出版 (03) 5395-3510
　　　販売 (03) 5395-5817
　　　業務 (03) 5395-3615

Printed in Japan

講談社文庫
定価はカバーに表示してあります

デザイン―菊地信義
本文データ制作―講談社デジタル製作部
印刷―――凸版印刷株式会社
製本―――株式会社国宝社



ISBN978-4-06-293026-0

# 講談社文庫刊行の辞

二十一世紀の到来を目睫に望みながら、われわれはいま、人類史上かつて例を見ない巨大な転換期をむかえようとしている。

世界も、日本も、激動の予兆に対する期待とおののきを内に蔵して、未知の時代に歩み入ろうとしている。このときにあたり、創業の人野間清治の「ナショナル・エデュケイター」への志を現代に甦らせようと意図して、われわれはここに古今の文芸作品はいうまでもなく、ひろく人文・社会・自然の諸科学から東西の名著を網羅する、新しい綜合文庫の発刊を決意した。

激動の転換期はまた断絶の時代である。われわれは戦後二十五年間の出版文化のありかたへの深い反省をこめて、この断絶の時代にあえて人間的な持続を求めようとする。いたずらに浮薄な商業主義のあだ花を追い求めることなく、長期にわたって良書に生命をあたえようとつとめるところにしか、今後の出版文化の真の繁栄はあり得ないと信じるからである。

同時にわれわれはこの綜合文庫の刊行を通じて、人文・社会・自然の諸科学が、結局人間の学にほかならないことを立証しようと願っている。かつて知識とは、「汝自身を知る」ことにつきていた。現代社会の瑣末な情報の氾濫のなかから、力強い知識の源泉を掘り起し、技術文明のただなかに、生きた人間の姿を復活させること。それこそわれわれの切なる希求である。

われわれは権威に盲従せず、俗流に媚びることなく、渾然一体となって日本の「草の根」をかたちづくる若く新しい世代の人々に、心をこめてこの新しい綜合文庫をおくり届けたい。それは知識の泉であるとともに感受性のふるさとであり、もっとも有機的に組織され、社会に開かれた万人のための大学をめざしている。大方の支援と協力を衷心より切望してやまない。

一九七一年七月

野間省一

## 講談社文庫　目録

角田光代　人生ベストテン
角田光代　ロック母
角田光代　彼女のこんだて帖
角田光代　ひそやかな花園
角田光代他　私らしくあの場所へ
川井龍介　122対0の青春〈深浦高校野球部物語〉
金村義明　在日魂
姜尚中／『アリエス』編集部編　姜尚中にきいてみた！〈東北アジア・ナショナリズム問答〉
岳　真也　密事《みそかごと》
岳　真也　溺《おぼ》れ花《ばな》
岳　真也　色散華
片山恭一　空のレンズ
風野　潮　ビート・キッズ Beat Kids
風野　潮　ビート・キッズⅡ〈Beat Kids Ⅱ〉
川端裕人　せちやん〈星を聴く人〉
川端裕人　星と半月の海
鹿島　茂　平成ジャングル探検
鹿島　茂　悪女の人生相談
鹿島　茂　妖人白山伯

片川優子　佐藤さん
片川優子　ジョナさん
片川優子　明日の朝、観覧車で
神山裕右　カタコンベ
神山裕右　サスツルギの亡霊
かしわ哲　茅ケ崎のてっちゃん
金田一春彦／安西愛子 編　日本の唱歌 全三冊
加賀まりこ　純情ババアになりました。
門倉貴史　新版 偽造・贋作・ニセ札と闇経済
門田隆将　甲子園への遺言〈伝説の打撃コーチ高畠導宏の生涯〉
門田隆将　甲子園の奇跡〈斎藤佑樹と早実百年物語〉
門田隆将　神宮の奇跡
柏木圭一郎　京都『源氏物語』華の道の殺人
柏木圭一郎　京都紅葉寺の殺人
柏木圭一郎　京都嵯峨野　京料理の殺意
柏木圭一郎　京都大原　名旅館の殺人
風見修三　修善寺温泉殺人情景〈駅弁味めぐり事件ファイル〉
梶尾真治　波に座る男たち
鏑木　蓮　東京ダモイ

鏑木　蓮　屈折光
鏑木　蓮　時限
鏑木　蓮　救命拒否
鏑木　蓮　真友
川上未映子　そら頭はでかいです、世界がすこんと入ります
川上未映子　わたくし率 イン 歯ー、または世界
川上未映子　ヘヴン
川上未映子　すべて真夜中の恋人たち
川上弘美　ハヅキさんのこと
加藤健二郎　戦場のハローワーク
加藤健二郎　女性兵士
海堂　尊　外科医 須磨久善
海堂　尊　新装版 ブラックペアン1988
海堂　尊　ブレイズメス1990
加野厚志　幕末暗殺剣〈龍馬と総司〉
垣根涼介　真夏の島に咲く花は
川上英幸　湯船の姉弟《きょうだい》〈湯船屋船頭辰之助〉
川上英幸　丁半三番勝負〈湯船屋船頭辰之助〉
海道龍一朗　百年の亡国〈憲法破却〉

北原亞以子　深川澪通り木戸番小屋
北原亞以子　深川澪通り燈ともし頃
北原亞以子　新地橋〈深川澪通り木戸番小屋〉
北原亞以子　夜の明けるまで〈深川澪通り木戸番小屋〉
北原亞以子　澪つくし〈深川澪通り木戸番小屋〉
北原亞以子　降りしきる
北原亞以子　風よ聞け〈雲の巻〉
北原亞以子　贋作《うそばっかり》天保六花撰《えどのはなし》
北原亞以子　花冷え
北原亞以子　歳三からの伝言
北原亞以子　お茶をのみながら
北原亞以子　その夜の雪
北原亞以子　江戸風狂伝
岸本葉子　三十過ぎたら楽しくなった!
岸本葉子　女の底力、捨てたもんじゃない
桐野夏生　顔に降りかかる雨
桐野夏生　天使に見捨てられた夜
桐野夏生　OUT《アウト》(上)(下)
桐野夏生　ローズガーデン
桐野夏生　ダーク(上)(下)
京極夏彦　文庫版 姑獲鳥《うぶめ》の夏
京極夏彦　文庫版 魍魎《もうりょう》の匣《はこ》
京極夏彦　文庫版 狂骨《きょうこつ》の夢《ゆめ》
京極夏彦　文庫版 鉄鼠《てっそ》の檻《おり》
京極夏彦　文庫版 絡新婦《じょろうぐも》の理《ことわり》
京極夏彦　文庫版 塗仏《ぬりぼとけ》の宴《うたげ》—宴の支度
京極夏彦　文庫版 塗仏の宴—宴の始末
京極夏彦　文庫版 百鬼夜行—陰
京極夏彦　文庫版 百器徒然袋—雨
京極夏彦　文庫版 百器徒然袋—風
京極夏彦　文庫版 今昔続百鬼—雲
京極夏彦　文庫版 陰摩羅鬼《おんもらき》の瑕《きず》
京極夏彦　文庫版 邪魅《じゃみ》の雫
京極夏彦　文庫版 死ねばいいのに
京極夏彦　分冊文庫版 姑獲鳥《うぶめ》の夏(上)(下)
京極夏彦　分冊文庫版 魍魎《もうりょう》の匣《はこ》(上)(中)(下)
京極夏彦　分冊文庫版 狂骨《きょうこつ》の夢《ゆめ》(上)(中)(下)
京極夏彦　分冊文庫版 鉄鼠《てっそ》の檻《おり》全四巻
京極夏彦　分冊文庫版 絡新婦《じょろうぐも》の理《ことわり》(一)(二)
京極夏彦　分冊文庫版 絡新婦《じょろうぐも》の理《ことわり》(三)(四)
京極夏彦　分冊文庫版塗仏《ぬりぼとけ》の宴《うたげ》 宴の支度《したく》(上)(中)(下)
京極夏彦　分冊文庫版塗仏《ぬりぼとけ》の宴《うたげ》 宴の始末《しまつ》(上)(中)(下)
京極夏彦　分冊文庫版 陰摩羅鬼《おんもらき》の瑕《きず》(上)(中)(下)
京極夏彦　分冊文庫版 邪魅《じゃみ》の雫(上)(中)(下)
京極夏彦　分冊文庫版 ルー=ガルー〈忌避すべき狼〉(上)(下)
京極夏彦　分冊文庫版 ルー=ガルー2〈インクブス×スクブス 相容れぬ夢魔〉(上)(下)
北森　鴻　狐罠
北森　鴻　メビウス・レター
北森　鴻　花の下にて春死なむ
北森　鴻　狐闇
北森　鴻　桜宵
北森　鴻　親不孝通りディテクティブ
北森　鴻　螢坂
北森　鴻　香菜里屋《カナリヤ》を知っていますか
北森　鴻　親不孝通りラプソディー
北村　薫　盤上の敵
北村　薫　紙魚家崩壊〈九つの謎〉

岸　恵子　30年の物語
霧舎　巧　ドッペルゲンガー宮〈《あかずの扉》研究会流氷館へ〉
霧舎　巧　カレイドスコープ島〈《あかずの扉》研究会竹取島へ〉
霧舎　巧　ラグナロク洞〈《あかずの扉》研究会影郎沼へ〉
霧舎　巧　マリオネット園《ランド》〈《あかずの扉》研究会首吊塔へ〉
霧舎　巧　霧舎巧 傑作短編集
霧舎　巧　名探偵はもういない
きむらゆういち　あべ弘士絵　あらしのよるにI
きむらゆういち　あべ弘士絵　あらしのよるにII
きむらゆういち　あべ弘士絵　あらしのよるにIII
木村元子　松田裕子　私の頭の中の消しゴム アナザーレター
木内一裕　藁の楯
木内一裕　水の中の犬
木内一裕　アウト&アウト
木内一裕　キッド
木内一裕　デッドボール
木内一裕　神様の贈り物
木内一裕　喧嘩猿
北山猛邦　『クロック城』殺人事件
北山猛邦　『瑠璃城』殺人事件
北山猛邦　『アリス・ミラー城』殺人事件
北山猛邦　『ギロチン城』殺人事件
北山猛邦　私たちが星座を盗んだ理由
北山猛邦　猫柳十一弦の後悔〈不可能犯罪定数〉
北野輝一　あなたもできる 陰陽道占
清谷信一　ル・オタク〈フランスおたく物語〉
北　康利　白洲次郎 占領を背負った男(上)(下)
北　康利　福沢諭吉 国を支えて国を頼らず(上)(下)
北　康利　吉田茂 ポピュリズムに背を向けて(上)(下)
北原尚彦　死美人辻馬車
北尾トロ　テッカ場
樹林　伸　東京ゲンジ物語
貴志祐介　新世界より(上)(中)(下)
北川貴士　マグロはおもしろい〈美味のひみつ、生き様のなぞ〉
木下半太　暴走家族は回り続ける
木下半太　爆《は》ぜるゲームメイカー
木下半太　サバイバー
北原みのり　毒婦。〈木嶋佳苗100日裁判傍聴記〉
北　夏輝　恋都の狐さん
北　夏輝　美都《みと》で恋めぐり
岸本佐知子編訳　変《ヘン》愛《アイ》小説集
黒岩重吾　天風の彩王(上)(下)〈藤原不比等〉
黒岩重吾　中大兄皇子伝(上)(下)
黒岩重吾　新装版 古代史への旅
栗本　薫　水曜日のジゴロ〈伊集院大介の探究〉
栗本　薫　真夜中のユニコーン〈伊集院大介の休日〉
栗本　薫　身も心も〈伊集院大介のアドリブ〉
栗本　薫　聖者の行進〈伊集院大介のクリスマス〉
栗本　薫　陽気な幽霊〈伊集院大介の観光案内〉
栗本　薫　女郎蜘蛛〈伊集院大介と幻の友禅〉
栗本　薫　第六の大罪〈伊集院大介の飽食〉
栗本　薫　逃げ出した死体〈伊集院大介と少年探偵〉
栗本　薫　六月の桜〈伊集院大介のレクイエム〉
栗本　薫　樹霊の塔〈伊集院大介の聖域〉
栗本　薫　木蓮荘綺譚〈伊集院大介の不思議な旅〉
栗本　薫　新装版 紘《いと》の聖域
栗本　薫　新装版 ぼくらの時代

黒井千次　カーテンコール
黒井千次　日の砦
倉橋由美子　よもつひらさか往還
倉橋由美子　老人のための残酷童話
倉橋由美子　偏愛文学館
黒柳徹子　窓ぎわのトットちゃん 新組版
久保博司　日本の検察
久保博司　新宿歌舞伎町交番
久保博司　歌舞伎町と死闘した男〈続・新宿歌舞伎町交番〉
工藤美代子　今朝の骨肉、夕べのみそ汁
黒川博行　燻り
黒川博行　てとろどときしん〈大阪府警・捜査一課事件報告書〉
黒川博行　国境
久世光彦　夢あたたかき〈向田邦子との二十年〉
黒田福美　ソウルマイハート
黒田福美　となりの韓国人〈傾向と対策〉
倉知淳　星降り山荘の殺人
倉知淳　猫丸先輩の推測
倉知淳　猫丸先輩の空論

熊谷達也　迎え火の山
熊谷達也　箕《み》作《つく》り弥平《やへい》商伝記
鯨統一郎　北京原人の日
鯨統一郎　タイムスリップ森鷗外
鯨統一郎　タイムスリップ明治維新
鯨統一郎　富士山大噴火
鯨統一郎　タイムスリップ釈迦如来
鯨統一郎　タイムスリップ水戸黄門
鯨統一郎　MORNING GIRL
鯨統一郎　タイムスリップ戦国時代
鯨統一郎　タイムスリップ忠臣蔵
鯨統一郎　タイムスリップ紫式部
倉阪鬼一郎　青い館の崩壊〈ブルー・ローズ殺人事件〉
久米宏 久米麗子　ミステリアスな結婚
轡田隆史　いまを読む名言〈昭和天皇からホリエモンまで〉
草野たき　透きとおった糸をのばして
草野たき　猫の名前
草野たき　ハチミツドロップス
黒田研二　ウェディング・ドレス

黒田研二　ペルソナ探偵
黒田研二　ナナフシの恋〈～Mimetic Girl～〉
黒木亮　アジアの隼
黒木亮　カラ売り屋
黒木亮　エネルギー(上)(中)(下)
黒木亮　冬の喝采(上)(下)
黒木亮　リスクは金なり
熊倉伸宏　あそび遍路〈おとなの夏休み〉
黒野耐《たえる》　「たられば」の日本戦争史〈もし真珠湾攻撃がなかったら〉
楠木誠一郎　火除け地蔵〈立ち退き長屋顛末記〉
楠木誠一郎　聞き耳地蔵〈立ち退き長屋顛末記〉
群像編　12星座小説集
玖村まゆみ　完盗オンサイト
草凪優　ささやきたい。ほんとうのわたし。
草凪優　わたしの突然。あの日の出来事。
草凪優　芯までとけて。最高の私。
黒岩比佐子　パンとペン〈社会主義者・堺利彦と「売文社」の闘い〉
桑原水菜　弥次喜多化かし道中
けらえいこ ハヤセクニコ　おきらくミセスの婦人くらぶ～

近衛龍春　長宗我部盛親(上)(下)
小山薫堂　フィルム
小林　篤　足利事件〈冤罪を証明した一冊のこの本〉
香坂　直　走れ、セナ！
小林正典　英国太平記
小　鶴　カンガルーのマーチ
木原音瀬　箱の中
木原音瀬　美しいこと
木原音瀬　秘密
神立尚紀　祖父たちの零戦〈Zero Fighters of Our Grandfathers〉
神立尚紀　大島隆之　零戦〈搭乗員たちが見つめた太平洋戦争〉
古賀茂明　日本中枢の崩壊
近藤史恵　薔薇《ばら》を拒む
佐藤さとる　だれも知らない小さな国〈コロボックル物語①〉
佐藤さとる　豆つぶほどの小さないぬ〈コロボックル物語②〉
佐藤さとる　星からおちた小さなひと〈コロボックル物語③〉
佐藤さとる　ふしぎな目をした男の子〈コロボックル物語④〉
佐藤さとる　小さな国のつづきの話〈コロボックル物語⑤〉
佐藤さとる　コロボックルむかしむかし〈コロボックル物語⑥〉
佐藤さとる　天狗童子
佐藤さとる　絵/村上勉　わんぱく天国
早乙女貢　沖田総司(上)(下)
早乙女貢　会津啾々記〈脱走人別帳〉
佐藤愛子　戦いすんで日が暮れて
佐木隆三　復讐するは我にあり(上)(下)
佐木隆三　成就者たち
佐木隆三　慟哭〈小説・林郁夫裁判〉
澤地久枝　時のほとりで
澤地久枝　私のかかげる小さな旗
澤地久枝　道づれは好奇心
沢田サタ編　泥まみれの死〈沢田教一ベトナム戦争写真集〉
佐高　信　日本官僚白書
佐高　信　孤高を恐れず〈石橋湛山の志〉
佐高　信　官僚たちの志と死
佐高　信　官僚国家＝日本を斬る
佐高　信　石原莞爾その虚飾
佐高　信　日本の権力人脈《パワー・ライン》
佐高　信　わたしを変えた百冊の本
佐高　信　佐高信の新・筆刀両断
佐高　信　佐高信の毒言毒語
佐高　信　田原総一朗とメディアの罪
佐高　信　新装版　逆命利君
佐高信編　男の美学〈ビジネスマンの生き方20選〉
佐高　信　宮本政於　官僚に告ぐ！
さだまさし　日本が聞こえる
さだまさし　いつも君の味方
さだまさし　遙かなるクリスマス
佐藤雅美　影帳　半次捕物控
佐藤雅美　揚羽の蝶(上)(下)〈半次捕物控〉
佐藤雅美　命みょうが〈半次捕物控〉
佐藤雅美　疑惑〈半次捕物控〉
佐藤雅美　泣く子と小三郎〈半次捕物控〉
佐藤雅美　髻塚《もとどりづか》不首尾《しゅび》一件始末《いっけんしまつ》〈半次捕物控〉
佐藤雅美　天才絵師と幻の生首〈半次捕物控〉
佐藤雅美　御当家七代お祟り申す〈半次捕物控〉
佐藤雅美　一石二鳥の敵討ち〈半次捕物控〉
佐藤雅美　恵比寿屋喜兵衛手控え